遙かなるブラジル

昭和移民日記抄

與島瑗得 著
畑中雅子 編

国書刊行会

著者ブラジル渡航時、横浜港を出港するぶらじる丸（1957年5月）

宝石採掘のため掘り進めているトンネルを後ろに立つ著者（1984年）

トルマリン鉱山の内部を調査する著者
（1979年頃）

ガリンペイロ（宝石採掘人）と現場で歓談する（1984年頃）

長年にわたり育てた緑に囲まれ自宅屋上で寛ぐ（1991年）

ブラジル連邦共和国
0
1000km
1/7,894,100
セントルシア
バルバドス
グラナダ
ベネズエラ
ガイアナ
スリナム
ギアナ（仏領）
コロンビア
ロライマ
アマパー
アマゾナス
パラー
マラニョン
セアラ
リオ・グランデ・ド・ノルテ
パライバ
ピアウイ
ペルナンブーコ
アラゴアス
セルジッペ
アクレ
ロンドニア
トカンチンス
バイーア
マット・グロッソ
ペルー
連邦直轄区
ゴイアス
ブラジリア
ボリビア
ミナスジェライス
テオフロ・オトニ
エスピリト・サント
マット・グロッソ・ド・スーウ
ベロオリゾンテ
サンパウロ
リオデジャネイロ
パラグアイ
リオデジャネイロ
チリ
パラナ
サンパウロ
サンタ・カタリーナ
リオ・グランデ・ド・スーウ
アルゼンチン
ウルグアイ

はじめに――わが兄の日記を読まれる皆様へ

畑中雅子

一九九一年一月二六日。成田の出国審査官にパスポートをポイと返された瞬間から、私はとってものびのびとした気分になってしまった。知らず知らずのうちにこの日本という国が、様々な足かせをはめていたのだということに気づいた瞬間だった。

兄が日本を離れたときも、きっとこんな気持ちだったのだろう。

飛行機に乗り込むと、ブラジルの言葉など「おはよう」も「ありがとう」も知らないなんてことは、トンと忘れてしまった。兄妹あまり似たようなところもないような気がしていたが、兄もこのような気分になったのだろうということがありありとわかった。兄の底抜けなところは、きっと日本のスケールに合わなかったのだろうと、ようやく思えたのだ。

飛行機の隣の座席は、パラグアイに移民した一世で、その隣はブラジルに移民した一世であった。二人とも日本に出稼ぎに来て、ビザの切れる前に一旦帰国すると言う。

兄も三十四年前にブラジル永住の希望を持って海を渡った。つまり移民一世だ。その兄に逢いに行く私が移民一世と隣り合わせになるのはラッキーだなと思ったが、しかしこれはラッキーでもなんでもなく、この機内の人びとは九割がたブラジルからの出稼ぎの人たちだった。

隣席の一人は川崎にある自動車工場で働き、もう一人は東京の建築会社で型枠の組み立てをしているとのことで、互いに給与や残業手当の話や、どうですか仕事はキツイですか、などと情報交換している。次の出稼ぎの参考にするのだろう、真剣だ。二人とも日本での仕事の内容は厳しいけど、移民した当時ブラジルでなめた苦労に比べれば楽なものだと話し合っている。うつらうつらとしていると、聞くともなく話が耳に入ってくる。

空港に飛行機が着陸したショックに思わず外を見ると、大地が赤い。真っ赤と言ってもよい色だ。ブラジルでは赤い土は味が肥えていて野菜作りも出来るが、黒い土は痩せていてだめだということを後に知った。

兄に公衆電話で連絡を取ろうと思ったが、公衆電話は専用のコインが必要らしい。インフレがもの凄く、硬貨一枚で話せる時間がすぐ変わるので、電話機に使う専用のコインを作り、そのコインを時価で売っているのだ。

ようやく連絡の取れた兄は、サンパウロまで出てきている予定であったはずが、病状が思わしくないとの事で、まだ地元のテオフロ・オトニにいるという。兄が普段暮らしている土地の様子も見たいと思っていたので、むしろ好都合だ。

しかしながら、ここから兄の居場所までまた一千キロも飛行機に乗らねばならない！

とりあえず、その日は知人の家にお世話になることになった。

九階にある知人の家から窓の外を眺めると、幾つかのビルの間に茶色の瓦屋根が折り重なって肩を寄せ合っている。日系人が多く居住する地区だそうだ。

一息ついた午後三時頃、にわかに黒雲が空を覆って来たと思う間もなく轟然と雷鳴がとどろき、前のビルが見えなくなった。凄まじい雨である。前の坂道はあっと言う間に川のように流れ、まったく自然の道路掃除だ。低い場所は水が溜まり、車が動けなくなってかたまっている。このスコールの来る時刻がだんだん遅くなり、季節が秋になるのだ。

兄のいるテオフロ・オトニへは、まずミナス州の首都ベロ・リゾンテまで飛び、乗り換えて別の飛行機に乗る。ベロへの客席は満席。国際線と違って高度が低いので、下の景色がよく見える。池も川も、水のある所は赤の濃いレンガ色だ。まるで血の池地獄だ、と見たこともない地獄を連想した。しばらく飛ぶと人家がなくなり山また山、見渡す限り山並みだ。ときどき豆粒のような動物が見えた。後日、兄に途中の山にヤギが見えたと報告したら、バカだな、あれは牛だと笑われた。土地に力がないので、日本に比べて育てられる牛の数は極端に少ないとのことだった。

ベロ・リゾンテの空港は小さい。並んでいる飛行機も、小さなマイクロバスに翼をつけたようだ。おまけにもう昼過ぎなのに、朝飛ぶはずの便がまだ飛んでいないと言う。ここからは一人旅だなぁと悲壮な顔をしていたら、日本語が聞こえて驚いた。宝石の買い付けに行く人日本人二人組だった。話してみると、兄を知っているという。もっとも、テオフロに日本人は二人しかいないのだから、当たり前だろうか。兄に日本へ帰って病気療養をするように説得に来た、と話すと「お兄さんは、このままこの街にいた方が幸せなんじゃないかなあ。街の中央広場で、ブラジル人たちと集まってよく世間話に花を咲かせていますよ」と言う。ブラジルの社会に溶け込んで自然に生きている今の兄の姿が少し見えた。日本を出て行く時、「せっかくブラジルまで行くんだ。ブラジル人の中に飛び込んで生きていかなきゃ」と言った兄の姿が頭をよぎった。

ようやく飛んだ飛行機で一息ついてしばらくすると、だだっ広い野原の真ん中に滑走路が一本見えてきた。テオフロとはこんなところなのかと驚いていると、ここは燃料を補給するだけの場所だという。本当に何もない。降りて一〇分で飛び立つと言っていたのに、二〇分経っても三〇分過ぎても飛び立つ気配すらない。視界を遮るものは何もない。置いて行かれる心配はないだろうと辺りを散歩しても、延々と飛び立つ気配もない。

宝石商に尋ねると、テオフロが大雨で待機中とのこと。半分裸の子供達が店番をしている、店とも言えないようなところでコーラとパンを買おうとしたが、お金が大きすぎてつり銭がないと言う。結局宝石商におごってもらったりしていると、だんだん夕闇が迫ってきた。呑気者の私でもさすがに不安になるが、ここはじっと待つしかない。宝石商が何度も何度も係官に質問しているが、どうやら質問する度に返事の内容が変わるようだ。一、テオフロが激しい雨で着陸できない。二、レーダーが壊れている。三、もう飛ぶのをやめた。いやいや、この野っ原の真中で私たちはどうなるのだ。四、タクシーでテオフロまで送る（あと三時間以上はかかる）。五、タクシーで送るのはヤメ、飛行機が飛ぶ（テオフロの方角は暗雲で真っ黒）、六、壊れたレーダーの部品を次の便が持って来るからそれまで待て。

ドタバタの後、やっと飛び立ったが、窓の外は黒い雲と稲妻が物凄い。死ぬときは死ぬのさと開き直っていると、なんとかテオフロに到着した。

テオフロの空港から車で兄の家まで走ると、蔦に覆われた塀の前に男が一人立っていた。兄は、想像していたよりも若く見えた。目じりの皺、三十四年ぶりに会う兄は、顔の輪郭が上の兄にそっくりになっていた。

家に着くと、塀の一部に鉄格子の扉があり、錠前がぶら下がっていた。出入りの度に細かく各所に鍵をかける。国の経済状態が悪いので、どこもかしこも泥棒だらけなのだと言う。確かにサンパウロで泊めてもらった知人の家は、泥棒がドリルで壁に穴を開けて入ったと聞いた。施錠されたガレージから車が二台続けて盗まれたとか、そういう話には事欠かなかった。こんな山の中にも泥棒がいるのかと兄に聞くと、「泥棒に入られたことがない家があったら、それが泥棒の家だ」と言う。俺んちだって五回も入られた。そのうち二回は捕まえたがな、と兄は笑った。

家の入口を入ると、ひんやりとして涼しい中庭がある。家全体が庭木にすっぽり覆われているので、とても涼しい。真夏のブラジルにいるのが信じられないような、日本の秋口のような涼しさだ。家の中は、質素だが、すべてがゆったりとしていた。ヤシの葉っぱで屋根がふかれたような、みじめな小屋を想像していたと正直に言うと、そうだろう、と兄は笑った。

そう、はるばるここまでやって来た目的は、腹部を三回も手術で切り開いた兄に、日本に帰国して療養をするようにとの母の手紙を渡して、それを説得することであった。

だが返事は、やりかけの大きい仕事があるから駄目だという、キッパリしたものだった。その言葉には誰であろうと干渉を許さない断固たる意志があり、出会って早々に私はそれが無理であることを悟った。久々に見る兄は、もはやブラジル人そのものになっていた。眼の前にいる、強烈な個性を発する男は、日本の病院に入ったらすぐに追い出されるに違いないという確信が持てた。

「俺は日本には帰らない。そのかわり、この日記を持って帰ってくれ」

途方に暮れてぼんやりしている私の前に、兄は使い古したようなノートを何冊かドサッと置いた。私の知っている兄は、文章を書くことなどは好きではなかった。日本に帰ることはできないが、もうあまり長くはないだろう自分の人生の、苦闘の生きざまを残したいのか——と思うと、自然に涙が溢れて止まらなくなってしまった。「俺が日本に帰らんからってそんなに泣くな」と言う。私は「いいじゃないの、妹だから泣くのよ、他人の前ならすき好んでこんなみっともない顔しないわよ」と言い返した。こんなになって帰らないなんて親不孝者め、と心中怒りながら、涙は止まらなかった。

私の怒り泣きの顔を見ながら、この前手術した時に俺は遺書も書いてしまったよ、と兄は微笑んだ。テオフロに来てから俺は本当に幸せだった。ブラジルに生きてきた俺の人生にまったく悔いはない、と兄は明るく言い切った。

あのとき持ち帰った兄の日記を、私は読むこともなく段ボール箱に詰めて封をした。身一つで海外に飛び出し、苦労したであろう兄の現実に、正面から向き合う勇気がなかったのだ。

だが、それから二十年という年月が過ぎた今、これらをすべて読むことが、これを託した兄の意志に応えることだとようやく思えるようになった。ノートを開くと、私の知らない兄の、生き生きとした姿がそこにはあった。遠く離れた土地で、ひとり日記を書いている兄の姿を思い、離れて過ごした長い時間を思った。

ここにそれを紹介するのが、さらに兄の意志に応えることになるのかどうかはわからない。ただ書かれたものは書いた者からいつかは離れ、読まれるべきところに届けなければならないというのが私の考えである。必死に生きたひとりの無名の人間の断片的な人生の記録を、ただここに読んでみていただきたいというのが、今の私の願いである。

目次

遙かなるブラジル——昭和移民日記抄

一九五七年にブラジルに来てから長い間日記を書き続けて来たが、あるとき非常に面白くないことが起きて、日記を付ける気がしなくなったまま放り出していた。だが一九九一年に至った今日、ようやくまた日記を整理しようという気分になった。

こちらに来てしばらくすると、当たり前だが日本語をまるで使わなくなった。漢字は特に忘却の彼方へ……日記は漢字を忘れないための最小限の俺の努力でもある。気の向いた時に、新たにぼちぼち書こうと思う。

この十年は苦しい事ばかりであり、それは今も変わらないが、良いことはいずれ必ず来ると信じたい。

今日は雨。といっても今日だけが雨ではない。去年の十月頃降り出し、年末まで降り続いた。みんな口を揃えて言ったものだ。来年はひどい日照りだろうと。ところが今年に入っても雨雨雨……これほど雨の続いた年を知らない。道は泥沼となって自動車の通れない所があちこちにできて、ジープも通れはしない。

まあ、雨はいつか上がる。それまで、まず二十年分の記憶でも整理しよう。

故郷《くに》を想う心あせれどこの不遇　話すあてなし雨空の下

1978年

◉**3月7日**

近頃ひどく不景気である。友人関係はともかく、俺は商売上ではブラジル人をまず信用しないから、金銭的に引っかけられる事は少ない。しかしサンパウロの日本人には何度も騙されている。用心深いのやらお人好しなのやら。今年の一月で五人目だ。サンパウロで宝石を商っている日本人の半数ぐらいはもうどうにもならない者であるらしい。俺のように資本が小さい業者にはいちいち非常にこたえる。それでも慰めは、俺が決して他人を騙したり迷惑をかけたりしていないことである。

今日は久しぶりに太陽が出た。暑くも寒くもなく、ここは住みよいところだ。人間を除けば！無理せず生きていればそのうち運が巡って来ないとも限らない。これがおれの人生哲学！

花一つ月のあかりの俺の庭

最近の我が庭はだいぶ良くなった。なにしろ何百キロも先から持ってきた何トンもの石と美しい蘭で飾られてるんだからな。

◉3月8日

五時頃友人が来た。キャッツアイのトルマリンを持ってきたのだ。二、三日前に駆け引きしたが取引が成立しなかった品を、こちらの言い値で売ってくれた。ありがたい。

◉3月9日

来週キャッツアイのヤマ《鉱山》に行くので、バネが折れたジープを修理に出した。庭石にしようと思ってゴツゴツの重い石を過積載で悪路を二〇キロも走ったからだ。なにしろ、道がない岩山のてっぺんや、川や泥沼の中をザブザブ泳ぐように走ったり、泥沼が干上がってガッタンガッタンの場所だったりするのだ。悪路どころか路がない。

こんな場所に苦労して宝石の原石を受け取りに行っても、ガリンペイロ《宝石採掘人》が原石を掘り当てているという証拠はない。イチかバチかの我が人生。一にも運、二にも運だ。俺は大変運の良い男である。信じるしかないのだ。まあ金運以外はね。

鉱山《やま》やまに探し求めて旅をゆく　青い小鳥の声をたずねて
山々を青い小鳥の声尋ね姿捉えんいつかこの手に

◉3月11日

よく雨のよく降る年だ。洗濯物を干すと雨が降り出す。乾くまで十日もかかったこともある。もちろん洗い直したけども。

しかし雨天のおかげで涼しい夏ではあった。北ミナスは通常日本の夏より暑いが、蒸し暑いことは少なかった。日陰で生活すれば、俺にはこれほど住みよいところはない。貧乏だけが邪魔だけれど。

◉3月14日

修理したジープで鉱山に向かう。例によって悪路に心細くなる。ジープが故障したら、この深い山中ではどうしようもない。道は一度他人に案内を受けて通った人にしか道とはわからないような道だし、雨上がりなので道路脇に急にできた滝が白い飛沫を上げて激しく目前を流れる。いちいち降りて確認しないと、タイヤが埋まる程の泥道だとエンジンをふかすほどタイヤが潜ってしまい、完全にお手上げになる。乾季には土ほこりがもうもうと舞い上がり前も後ろも見えなくなるから、まだ雨季の方がましかもしれない。そして今回も、目的地まで一台の車にも逢わなかった。この道を一人で行くと聞いた者は、誰でも驚愕する。
しかし、今回も鉱山はまったく低調だ。ここ半年程何の原石も見つからない。ガリンペイロに支払う賃金に頭が痛い。

風冷えて高原の夜夢もなし
鉱山《やま》の希望《ゆめ》雲より遠く腕を組む

◉3月17日

ブラジルの野山に生えるわらびは途方もなく大きい。人の背丈より高くなる。俺が採っていると、現地の人間が何にするのかと物珍しげに聞く。食べると答えると目を丸くして、死にはしないかと言う。こんな美味い食材を知らないなんて気の毒な話だ。しかしチョット採るだけで、食べ切るのに三、四日はかかる。あく抜きをして丁寧に調理すると、日本のものに比べてまんざらでもない出来となる。

わらび摘む我が心今わらべかな
わらび摘むその指先に故郷《くに》が見え

◉3月19日

表でクラクションが鳴った。ルイス・リボリという友人だ。昼飯をおごってくれるという。なかなか面白い男だ。六十四歳、独身。インディアンとドイツの血を引くという。同年代とはつきあわず、俺の所に来る。三十歳からの独身ばかり五、六人が俺の仲間だが、彼は知識も考え方も連中より新しい。何事もブラジル中心でなく、視野が広い。

彼の意見は何かにつけて俺と同じなのだが、俺が意見を言うとしきりに反論する連中が、同じ事を彼が述べるとぴたりと黙る。もっとも外国人の俺にブラジルの現状をズケズケと言われては連中も面白くないだろうから、無理もないか。

朝の庭木の葉《こは》ほろほろ風に舞う秋まだ浅く我は異国に
雲流れ時も流れて残る花
石一つ置き換えてみる庭に風
庭に夜露《つゆ》降りたるを知る月明かり

◉3月26日

今日は日曜日。夜はその辺で一杯。

俺のような四十男でも、三十歳くらいに見られて十五、六の娘っ子にモーションをかけられタジタジとなる。
この国では十五、六歳からありとあらゆる社交場、公園、喫茶店などを利用して、まあ一心に相手を探すのだが、それにしてもラテン系の人々は社交上手だ。特に若い娘は、話上手だし、その笑顔は何とも言えない魅力がある。四十男が十九、二十の娘と恋をするのは少々照れくさいが。ブラジルバンザイ！　だ。

◉3月27日

仕事の状況はなんとも低調だ。しかし、転職したとしても最低月給は日本円で一万六千円ほど、それでいて物価は日本の二、三倍だ。ブラジルは奇妙な国になりつつある。貧富の差が大きくなり過ぎてしまった。友人たちは、他人が絶対信用できない時代になってしまった、「正直」という言葉も無くなった、と嘆く。
今のブラジルでは、正直とは間抜け、馬鹿、呑気者《のんきもの》を指すのだ。

◉3月28日

いや、今日はビックリしたのなんの！　二人の若い娘に、街一番の目抜き通りへ呼びだされた。会うといきなりありったけの大声で「このオカマ野郎！」と怒鳴るのだ。すぐ近くで交通整理をしていたおまわりさんも驚いて唖然《あぜん》としていたよ。俺も腰が抜けたぜ。いや、以前から付き合ってくれと言われてたけど、あまりに若すぎるからもっと大人になってからにしてくれと断ったからだが。恐ろしい。

それからはその場所を、仲間うちで「オカマ野郎の街角」と呼ぶことにした。

◉4月4日

ブラジル地方都市には様々な面白い事情がある。まず政治家の人気取りが面白い。テオフロ・オトニの前市長は大変人気があった。しかし彼は何をしたか？　町中のドブ川を腐りやすい金網に石を詰めた蛇籠《じゃかご》工法で補修し、そのくせ百年は大丈夫と保証したのだ。失敗にもめげず次に橋を修理した。以前からあった木製の橋の上に鉄筋を置き、コンクリートで固めた。見た目にはシャレた橋に変身した。しかし、木は柔軟性があるがコンクリートにはない。奇妙な設計となったこの橋は、重い車が通ると当然ヒビだらけとなって、通行不能になった。そして次の市長は穴の開いた所だけの木を取り換え、コンクリートを流し込んでその上にまたコンクリートで上塗りをした。橋の厚さは倍になったわけだ。新市長は胸を張ったが、結局はコンクリートの橋が三年も持たない現実をブラジルで初めて見せてもらった。

鼻伸ばし縮むふところ我さむし

◉4月6日

サンパウロのボアッテでは日本人は上客らしい。ボアッテとは、ラテン音楽が耳をつんざき、沢山の女性がいて自由恋愛する特殊バーだ。日本からの旅行客はうなるほどの金を持って来ると思われているのだから、日本人と見ると何もかも値段が跳ね上がる。日本人の顔をしているが貧乏人の俺には大迷惑だ。

そこで、一手考えた。俺はメキシコのインディアンとスペイン人の混血だということにしたのだ。そしてインディアンの言葉を教えてやるのだ。なあに、インディアンの言葉なんて日本語をひっくり返してべらべらとしゃべっているだけだ。

しかし、日本人は揃いもそろってブロンド娘が好きだねえ。本物か染めて化けているのも分からないでさ。

　カサコソと木の葉舞い来ておぼろげに浮かんで消える故郷《くに》のあの日々

◉4月18日

ドイツ系の友人がヤマ《鉱山》へ行くというので、おれのジープで行ってみた。あいかわらず酷い道だ。通れない場所を迂回して畑の中を選んだら、ブラジル人の家の敷地に入ってしまった。よく来たよく来たということになってしまい、ピンガという強烈な酒を振舞ってくれた。酔っ払い運転であっちへフラフラこっちへふらふら、あげくに深いぬかるみにはまり込み、とうとう動けなくなった。ヘッドライトの明かりの中を狐が二度横切ったのを覚えている。
なんとかマラカシエッタという街のホテルに着いたのは夜の十一時半過ぎ、おまけに雨と来やがった。ドライブは俺の人生と同じだな。まあなんと言うか、実に楽しい！

◉4月21日

今日はブラジルの公休日、昔むかしジョゼ・何とかという男、あだ名を「チラーデンテ」（歯を抜く男）という彼が王制をひっくり返し共和制にしようと企んだが、失敗して死刑になった日だ。それがなぜ公休日になるのか、俺は知らないが。

◉4月28日

アクアマリンの原石をダイヤ鋸でカットした。四〇〇カラットのつもりだったが、どうやら五〇〇カラット取れそうだ。
午後、イシ《宝石》屋がトルマリンの原石を持ってきた。これは磨くような石ではなく、水晶と雲母にトルマリンの真っ赤な原石が付いていて美しい。コレクション用で高価な品である。二個買った。

◉5月3日

日本から宝石商が十数人も団体で買い付けにやってきた。彼らとコンタクトをつけようと、リオやサンパウロの日本人宝石商や現地人の石を扱う者たちがワンサカ集まってきたようだ。奴らが目の色を変えて走り回る様はあさましく見苦しい。日本側の交渉に使う言葉がへたくそ極まりないので、ブラジル人にいいように振り廻されて見るも気の毒なありさまだ。

今日はアクアマリンの焼き直しをした。焼き直す度に色合いが良くなる。楽しみだ。一度に高熱で焼くことができないのが難点だ。アクアマリンは緑柱石の仲間で、緑色で出土する場合がほとんどだ。それを磨いてから摂氏三〇〇～六〇〇度で焼くのだ。今回は三八〇度で七時間焼いたら一個も割れずに良く焼き上がった。アレキサンドライトの原石も買った。早く金を貯めて土地を買って農業をのんびりやりたい。自然の中での生活が俺の究極の希望である。

◉5月13日

土曜日はいつも一週間分の食品の買い出しである。街では週二回市が立つ。

肉屋では大きな牛を一頭ぶら下げておいて、注文するとバサッと切ってくれる。家で筋を取り、好みに切り分ける。肉は一・五キロ買った。焼き鳥のようにして食おう。あとは卵一ダース、野菜も山ほど買った。

◉5月18日

時間を持て余す。時間という奴は、いま使わず先へ回すというわけにいかない。もったいないと思いつつ、無駄にしてしまう。

サンパウロの日本人宝石商の小切手が不渡りになって戻ってきやがった。もう何度やられたかわからん！　頭に来たから、もう一度銀行に振り込んでやった。その小切手が不渡りになると、相手は銀行の取引を切られるのだ。自業自得だ。

◉6月11日

渡辺君と東北部セアラ州の首ウォルタレーザまで、二三〇〇キロの旅に出た。内陸部に入ると、顔に当たるハエが凄い。暑いのも身体にこたえる。市場に野菜類はまるで無い。食べるのは毎日ヤギの肉のみ。

ペルナンブーコ州は道路がすこぶる良い。穴一つ無いまっすぐな道路を一三〇キロで飛ばせる。フォルタレーザで渡辺君の知人に昼食をごちそうになった。この国で初めて伊勢海老（?）を食った。海の幸の豊富な所だが、なにしろ暑いのと湿度の高いのが難点だ。

無事テオフロに帰宅すると、友人たちがえらく心配していた。旅行に出る前にサンパウロ行きバスの切符を買い、直前に誰にも言わず変更して車で出発したのだが、なんと俺が乗るはずだったバスが大事故を起こし、三十二人も焼け死んでいたのである。やはり俺は運だけは強いのか。

◉6月26日

ああ！　人生で初めて、すばらしい美人に交際を申し込んだぞ。最初に見たのは二年前だ。小学校の先生をしながら単科大学の学生でもある。父親はドイツ系、母親はブラジル人。なかなかチャンスがなかったが、先日知り合いの娘と歩いて来たので、ここぞとばかりに紹介してもらった。そうしたら、ちょくちょく俺の家のあたりに散歩に来るようになったのだ。

昨日その娘の友達五人を食事に招待して、そのテーブルで交際を申し込んだ。しかし俺もこっちに来てずいぶんと鉄面皮になったもんだ。考えさせて、との返事。まあ急ぐことはない、ゆっくり考えてくれと答えた。六人それぞれの家に送り届け、最後に彼女の家に着いてもなかなか車から降りない。次の土曜日に会う約束をすると、家に入っていった。

（しかし！　おれの夢は儚く消えた。それからしきりに俺を避けている様子だ！）

◉7月1日

昨年の十一月に代金を払った電話がようやく今日設置された。これがあると、商売がやりやすくなる。そのうち日本にも電話しよう。日本までは少々料金がかかるので、もう少し我慢だ。この世には忍耐が必要だ。

◉7月11日

アクアマリン四〇〇グラムの原石を買った。状態を調べていたら目がチカチカするので目薬をさすと、なんと眼が全く見えなくなって焦る。夕方には良くなり始めたのでようやく安心したが、これは薬屋が眼圧調節用のとんでもないきつい薬を適当にくれたからだった。ここはブラジルだ、と納得する。

ポルタも三つ買った。ポルタとはブラジル風のドア扉である。新たに炊事場を作ろうと計画しているのだ。扉は一つあれば良いわけだが、この国では何でも買える時に買っておかなければいけない。鉄製の窓枠も二つ買っておく。冷蔵庫だって壊れているのも捨ててはいない。何かあった時にこのモーターを外して使うのだ。

◉7月21日

日記を書くのも骨が折れる仕事だ。朝からのあれやこれやを思い出そうとするのだが、疲れていると昨日の事か今日の事かわからなくなる。昔の農薬中毒の影響だろうか。

◉8月19日

今日で何日雨が降らないのだろう。前にいつ降ったのか思い出せない。連日のカンカン照りだ。この地は春になると雨が降らなくなり、それを過ぎると夏の雨季を迎える。

八月も終わりに近くなり、そろそろ夏が近づいてきた。

◉10月2日
十月に入って、夜はひんやりとする夏の素晴らしい気候になった。リオに電話したらあちらは猛烈な暑さだという。リオでは街中の娘っ子たちが裸同然のスタイルで歩き、観光客が目を見張る季節だ。日本のフンドシを小さくしたようなもの一つを身に着けて闊歩するのだから。他の地方ではちょっとお目にかかれない。しかしそのヴォリュームたるや、気の小さい俺なんか圧倒されて縮こまってしまうぜ。

◉10月8日
ブラジルは個人的には大変住みやすいところだと思う。国民は総じてのんびりしている。と、いうことは、みんな働かないということだ。そこでどうなるか。国家財政的に赤字となる。借金は増える一方だ。国民はその責任を政府のせいにするだけで、やっぱり働かない。しかし国はメタメタでも、俺はのんびりと暮らしやすい、このブラジル万歳なのだ。

◉10月17日
どうやら今年の本格的な雨季に入ったらしい。乾季と雨季の雨では量が違う。降り過ぎるとヤマ《鉱山》の仕事に差し障りが出る。手持ちの品を売って凌ごうとすると、商人が六十日もの先の日付けで支払うと言う。その小切手が不渡りになる。スッタモンダのあげく結局八十、九十日となってしまう。

さすがの俺も倒産するしかないと追い込まれるが、倒れないのは、最初から立ってないからだ。
友人がバイア州でカカオの栽培をしないかと言ってきた。材木を伐採して売りながらカカオを植え付けるのだという。宝石の仕事はいいかげん先が見えてきた。検討してみよう。失うもののない男の強みだ。何でもやってみるのが俺の人生だ。

◉11月23日

この前ブラジルあげての総選挙があった。なるほど、この国では民主主義は役に立たないシステムと思われているらしい。野党が結構強い理由は、社会主義国家になれば金持ちから金を取り上げ貧乏人に分け与えると単純に信じられているからだ。外国の現地企業を国有化して、皆働かずに楽しい生活ができると思っているらしい。

ハチドリは空気にとまる花の下

◉12月31日

今年もなんとか通り過ぎたというのか、無事に過ごしたというのか、あるいはすばらしい幸運は一九七九年に持ち越したのか。まったくわからない。まあそれでもまだ生きて、ここでやっていこうと思っていることこそが幸運なのかもしれない。

1979年

◉**1月1日**

今年の目標が決まった。

一、ニンタイ　忍耐
二、シコウ　思考
三、ケンキュウ　研究
四、キタイ　期待
五、ウンテン　運を天に
六、カンニン　堪忍

七、イヌモアルケバボウニ……
八、ナルヨウニナレ　　　　　諦め
九、アキラメ　　　　　　　　寝て暮らす
十、ネテクラス

寝るより楽は無かりけり　知らぬたわけが起きて働く

ブラジルによくあてはまるぜ。

大晦日から元旦にかけて友人と飲み明かし、さて帰ろうとなったところで車がパンク。タイヤ交換が初仕事になった。今年は働けよという神のご指示か。

◉1月6日

ゴベルナドール・パラダレースの友人から彼が今いるトルマリン鉱山に行こうと誘われて行くことにした。鉱山はパラダレースからさらに一三〇キロ離れていた。例によって酷い道だ。今回はジープではなく普通乗用車なので、バウンドしては車の底をガリガリ擦るので参った。おまけに雨が降り出した。

しまいにはとうとうガソリン管が繋ぎ目で抜けてしまったが、何とか切り抜けた。やれやれ。

ヤマ《鉱山》はトンネル式で、人がやっと通れる穴が一〇〇メートルほどで一旦壁に突き当たる。そこからねずみの巣のように坑道があちこちにひろがっている。面白いのは、穴で四、五人が各自カーバイトのランプを持って長時間作業しても酸素不足にならないことだ。なぜかと言うと、トンネルの上部と下部では空気の流れる方向が違っているのだ。それも肌に感じてはっきり分かるほどの速さである。自然はうまく出来てるもんだ。
雨が激しくなり、動けなくなる寸前にほうほうの態で夜十一時帰宅。

◉1月12日

テオフロから海へ行ったやつらは途中のぬかるみで難儀をしているらしい。なにしろ二五〇キロのうち舗装道路は一四〇キロほど、あとは雨が降れば泥沼と化すのだ。この時期では久しぶりの雨。日本の梅雨時のようにシトシト降り、時々ザーッと来る。動けなくなったらその場で天気の回復を待つのみ。食糧がなくなると大変なことになるのだ。

◉1月13日

先週車を修理に出したので市場に買い出しに行けず、一週間ろくな物を食っとらん。今日は張り切って出かけたが良い野菜がない。夏場はこの近辺では野菜は育たないのだ。サンパウロから来るのはトマト、キュウリだけだ。俺は週ごとに手提げ籠いっぱいの葉物野菜を食うんだから、この季節は実に困る。

◉2月8日

久しぶりに太陽が出た。今度のミナス州の洪水は前代未聞の規模とのことだ。小さな街が完全に水没したとも聞く。国道は少しずつ開通しているが、出水と崖崩れで橋が通れないのだ。不思議なもので、橋そのものがダメになることは少ない。いつも橋の両端が水に洗われて橋だけが孤立するのだ。土手の工事技術がそもそも幼稚なのか、建設業者が手抜きするのか、俺には分からん。

◉2月15日

この不景気なのに、ドイツ系の娘っ子に好きだと告白されて、今考え中だ。俺が四十二歳、相手が二十一歳。考えさせられる。美人じゃないが、良い娘である事は間違いないが……結婚となると少々おっくうだ。友人が言う。おまえほど女を恐れる奴は見たことがないと。そんなことはないが、この生活だからな。

◉2月27日

カーニバルが二四日から始まった。水害であちこち孤立した街があり、食糧にも窮したところがある。てなことで、ミナスのカーニバルはすこぶる低調だ。

石屋からの連絡で、トルマリンの猫目石が六〜七〇〇カラット出ると言う。銭が足らなくなってきた。来月の二十日に日本から買い付けに来るが、どれだけ買ってくれるかは不明だ。苦しい一戦になるのは必定だ。そのかわり、これを上手く乗り切れれば少し楽になる。

◉2月28日

コベルナドールの石屋が、銭が要るので何とかせいと電話して来た。俺も銭などないから、小切手を振り込んでいいぞと返事をすると、相手が「おい、日付が二月三十日になってるぞ。おまえの暦には二月三十日があるのか」と言った。そこで、俺の暦には三十日がチャンとあって、その日は結婚予定日なんだと答えると、大笑いする声が伝わってきた。

例のドイツ娘と別れたばっかりなのに、また十八歳のドイツ系の子に結婚しようと迫られる。四十二歳の俺がシドロモドロになる、逃げの手を打つ暇もない。あの手この手で迫って来やがる。どうすりゃいいのさ思案橋〜どうも俺は金髪女難の相があるらしい。まったく女は恐ろしい。

◉3月22日

ゴベルナドール・パラダレースの友人から次の荷が近く出ると知らせが来た。彼が働いているトルマリンのヤマ《鉱山》は二つあり、それぞれの鉱山の五パーセントの権利を俺に売ってくれた。

彼は子供の頃から鉱山で働き、そこでは顔が利くらしく、近くの山で採れるものも手を回して買い取って俺に回してくれる。結局、彼の産物は一〇〇パーセント俺が買っているのだ。今年は一般に品薄なので、俺は資金繰りにてんてこ舞いだ。猫目のトルマリンに限れば、このテオフロ・オトニでは俺が一番権利を持っていることになる。

そして、掘り出された品を俺が一手に買った時はこの五パーセントの権利は取り消しになり、俺はその石で儲ける。ドカンと大量に出て俺の資金では手も足も出ない時には、この五パーセントの権利分をもらう仕組みだ。俺がそう申し出たら、納得してくれた。

◉4月13日

魚捕りに行って風邪をひいて熱を出してしまった。大汗をかいて寝ている。人間ばかりがそうじゃないと思うが、病気になると、からきしだらしがない。

この季節は陽の当たる所は暑いが、木陰に入ると震えてしまう。だから風邪は治らない。

◉4月22日

しかし近頃のブラジルは、もう国家とは言えない状況じゃないのか。経済はデタラメ。近代化、工業化と言うがそもそも国民性が工業に向いていない。貨幣価値は下がって物価は上がり、人間のモラルもクソも無くなった。金持ちはますます太り、貧乏人はろくに飯も食えない。国会はやたらに法律を作って国民を縛ろうとしているが、ゴム風船を紐でしばるようなもので、こちらを締めればあちらが膨らむだ。手の打ちようがない。これから先どんな国になるかわかりゃしない。しかし、俺はどえらい国に首を突っ込んでしまったようだ。
たった一つの救いは、いまだチョンガーであるということか？　まあ、長生きでもして先行きを眺めようかね。

◉5月10日

どうもやはり物騒な社会情勢になってきた。二、三十年前は雇われ殺し屋が昼となく夜となく街中をうろついて拳銃の弾が飛び交っていたというが、今度はサンパウロ、リオデジャネイロ、オリゾンテなどの大都市で銀行ギャングが流行り始めた。銀行側が対策を立てると、あたり構わずスーパーやら道を歩いている婆さんまでお構いなしに襲うようになった。このあたりだってわからない。これからますます増えそうだ。

◉5月12日

いつものようにオールドボーイの街角へ。美人でもない花売り娘に花束を買わされた。このあたりでは俺のことを知らない者はないと言ってもいいだろう。数日前リオから来た友人がビックリしていた。街中であれ街はずれであれ、会う人ごとに挨拶されて歩くのにくたびれるありさまだから。娘っ子の間には特に有名人なんである。

◉5月14日

また魚捕りに行った。滝の下で投網を打つとドバドバと捕れる。こういう捕れ方は面白くはないが、まあいい。獲物を捌いて昼飯にして、後は河原に寝そべって何も考えずに滝の音を聞く。

この国にはいい格言がある。「希望は最後に死す」。自分より先に希望が死ぬわけはない。

◉5月17日

友人がカッサ（狩り）に行ってカピバラの大きなのを捕ってきた。九〇キロもあった。背肉を二キロほど貰った。いや、なかなか美味い。水中を悠々歩くほど肺活量が凄く、捕まえるのが難しい奴だ。

◉5月22日

友人に女の子が生まれたが、十日程で死んでしまった。もともと早産だった。気の毒だ。彼はかつて土地を売って大金を手にしたのだが、それを元手に仲間と宝石の仕事に手を出し、今はスッカラカン。その取引仲間の名前を聞いて、事業が破綻するのも無理はないと思った。組む相手が悪すぎる。テオフロは他の街では見られないほど悪辣な人間が多いのだ。ヤマ《鉱山》の仕事は博奕のようなものので、国中から流れ者を呼ぶからだ。この不景気にお産、葬式と出費がかさんで実に気の毒だ。

こんな世界の片隅にもかかわらず、ここからさらに一〇〇キロも奥の海抜七〇〇メートルにもなる場所に日本人が住んでいるのを聞いた。初めて行った人間は道の凄さ、谷の凄さに震えるような所で、野菜を家族で作って暮らしているらしい。なんでそんなところに暮らしているのか不思議なものだが、俺だって日本から見れば同じなのだろう。

◉6月5日

まったく情けない日だ。また風邪だ。数日ひどい下痢で、なかなか治らない。蕁麻疹も出る。痔が出る。口内炎になる。頭に来ながら昼飯の支度をしたら、手の指を切った。ますます頭に来た。

◉6月11日

六月は祭りの季節だ。ピンガという酒に砂糖・レモン・生姜を入れて熱々にした飲み物を飲みながら、アコーディオンをブーチャカ・ブーチャカと鳴らし、ダンスを踊りまくる。しかし俺は田舎ダンスも踊れない。最初から覚える気もないのだ。飲みながらただ浮かれた連中を眺めるのみ。

◉7月1日

日曜日、ゴベルナドール・パラダーレスに行った。到着したとたん、車が壊れた。ガソリン系の場所だ。やれやれ。部品を買って応急処置をしたが、帰途はどこかが漏れているのかやけにガソリンが減って、家に到着できるか気を揉んだ。何しろ今やガソリンの販売店は土曜日と日曜日は休み、平日でも夕方の七時までしか売らないんだから。へたをすると朝まで立ち往生、てなことになる。ようやく帰り着いて、近所の爺さんに近頃は面白い事がなくなったと愚痴を言ったら、そんなのここじゃ昔からだぞ、だと。参った。

◉7月5日

世界的オイルショックだとか。ブラジルもとりわけひどい影響を受けている。政治危機になりかねない。なにしろ、俺の周りの奴らのほとんどが外貨とは何か、輸出入とはどういうことなのか知らないでいる。コーヒーと鉄鉱石を輸出していれば何でも買えると思っている。ブラジルが外国にガソリンを売っている記事が新聞に載ったら、皆がカンカンに怒った。俺は買った値段より売った値段の方が高ければ国が潤うと説明したが、周りの者は誰も理解しない。政府のお役人も頭が痛いことだろう。

ブラジルは革命後ストライキが禁止されていたが、今度の政府がスト権を保証すると、始まるわ始まるわ。田舎の祭りみたいだ。何のためにストライキするのか理解していない者がわらわらと後から後から参加する。禁じられていたものが許されたのだから、やらなきゃ損ソンと押しかけるのだ。この不景気にストをやればさらに生産が落ちて物価が上がって、自分で自分の首を絞めて苦しくなるばかりなのに。もとより休日の多い国なのになあ。

外国から来た者は口を揃えてこの国を褒める。ブラジルは未来のある二十一世紀の国だと。そいつらは二十一世紀にはきっと二十二世紀の国だと言うだろう。打ち出の小槌でも、ここ掘れワンワンでもなんでもいいからまず俺の所に現われてくれ！

◉8月4日

八月に入った。ブラジルに来て二十二年が過ぎたわけだ。この十三日で満四十三歳か。いったい俺はここまで来て、何を成し遂げただろうか？　何もしてやしない。もちろん人生なんてもとからそんなものかもしれない。錯覚の上に錯覚を積み上げたものかもしれない。しかしどんな錯覚の上でも人間は蜃気楼を作って生きる。錯覚でもいいから、この地で何かを積み上げていくしかない。

◉8月13日

四十三歳の誕生日だ。いまさら別にどうと言うこともないが、友人の日系二世の家族と女の子たちがケーキを持ってきてくれた。続いてまた別の女の子たちがケーキを持ってやって来た。先に来た連中が、ケーキの上の蠟燭を早く隠せと言う。この子達に歳がバレると言うのだ。そこで俺は、大丈夫、数は俺が決めるんだ、俺は三十四歳にしておこうと言った。皆は大笑い。

◉10月12日

今年は春の来るのが少々遅れている。雨は時々降るけれど、ガッチリ乾いた土を濡らすほどは降らない。放牧地帯の牛にとっては最悪の季節だ。可哀そうなほど痩せてゆく。雨さえ降れば草はすぐに生えるのだが。雨季が来る前に一度草を焼き払ってしまうので、もう枯草さえないのだ。牛たちはモウたまらんと泣いているよ。俺たちも肉が固くなるわ高値になるわで、モウ肉が食えません。

◉**10月13日**

とりたてて家が狭いわけではないが、二部屋の建て増しを始めた。泥棒に強い部屋と応接間を作ろうと思い立ったのだ。が、手を付けて六十日以上経つが出来上がらない。ゼニが逼迫したのだ。面目無いが、仕方がない。一旦休止だ。また少しずつやればいい。別に急ぐことでもないさ。

◉**11月30日**

ついに来るところまで来たという感じだ。ブラジルは、日本ほどではないがほとんど石油を産出しない。八割は輸入に依存している。その輸入額が国の総輸出額の半分以上になるのだからお手上げ状態だ。それに対し政府の打つ手が面白い。値上げすれば消費が減るだろうとドンドン値上げする。今回の値上げは一度に五八パーセントの値上げだ。つい先日二〇パーセント値上げしたばかりなのに。しかしこの値上げも数か月すれば一般の物価上昇が追いついて、何の役にも立たない。この繰り返しだ。物価は上がり、こちらの頭はうなだれるばかりだ。

◉12月31日

今年は百姓泣かせの天候だった。雨が降るときはドサッと降り、止めば一転延々とカンカン照り。先日の雨では、あちこちで床上浸水やら家が崩壊するやらの騒ぎになった。俺の家へは水は入らなかったが、それでも庭が湖のようになった。まあちょっとした山水画だ！ 写真でも撮ってやろうと思ったら、フラッシュを切らしていて撮り損ねた。庭には石を敷き詰めてあるので、水面に水晶やきれいな石が突き出しているし、水が澄んでいるので水底の小石の一個一個までハッキリと見え、実に良い眺めであった。

しかしそれはいいが、今年も終わりになっていよいよブラジルの行方が分からなくなってきた。ガソリンを値上げし、クルゼイロ紙幣を対ドルに対し切り下げ、対して給料も値上げ、しかし物の値段も値上げだと、数字ばかりがドンドン大きくなる。まさにインフレ真っ只中だ。今年ほどキツイ年は無かった。

そんな話をしていると、友人が言った、今年は良い年だった。少なくとも何も予想できない一九八〇年よりはネと。大笑いで年が明ける。

何もせず何も損せず年がゆく

1980年

◉1月1日

飲んで騒いで今年は始まった。人生はパーっと調子よくやらねばならぬ。しかし、酔いが覚めると必ず情けなくなるのだから始末が悪い。

ジャスミンの花が咲いている。特に夜になると強く香る。

星ひとつ流れて匂う庭の花
小鳥きて羽風に花が揺れて落ち
夏の花咲いて葉陰の風かおる

◉1月4日

今年は始めるぞ農業を！

十年前に俺は農業を棄てた。今年は再度挑戦しようと思うが、いろいろと問題が多い。まず専業農家などになれはしない。かつて少々試みた経験からすると、当地では野菜の栽培は手間がかかりすぎて兼業では不可能だ。コーヒーの栽培は植えてしまえばそんなに手間はかからない。しかし木を植えるのだから、大きくなるまで三、四年間の生活費が必要だ。また種を蒔く床作りなど、最初は面倒だ。それをここから一八キロも離れたコーヒーの適地で行わなければならない。その上、もう今年は植え付け時期を過ぎているのだ。このまま行くと乾季に植え付けることになる。これも非常にまずい。

◉1月9日

ドイツ系の友人が四〇町歩ぐらいの土地を買わないかと言ってきた。彼は農業について何も知らないにもかかわらず二五町歩の土地を買ったのだが、隣に俺の土地があればいろいろ教わることができて都合がいいと思っているのだ。しかしブラジルで農業をして生きるには、最低百町歩以上の土地が必要である。牧畜を考えても、特に北ミナスでは牛を飼うなら五町歩につき三、四頭が普通だが、乾季にはそれでも餌が減り苦しいのだ。

俺はだいたいそれたことは考えていないのでごく小さい土地が欲しいのだが、ここでは二五町歩以下に切り売りすることは、遺産相続以外では法令で禁止されている。今の俺には四〇町歩は広すぎる。

◉1月10日

キャッツアイの鉱山へガリンペイロを連れて行くことになった。ガリンペイロであれば誰でもいいわけではない。二年前にはひどい目にあった。毎週米・肉・豆など様々な食料をしこたま運んでやって、石が出るのを待っていたら、共営者の俺に報告せず他の石屋に売ってやがったのだ。石代金が全部ガリンペイロの懐に入ってしまった。鶯に雛を育てさせるホトトギスみたいなものである。日当や食糧を提供する我々は詐欺師に騙されたわけだ。

◉1月12日

俺も風流な人間になってきた。ヤマ《鉱山》へ行けばそこで採ってきた花でお茶を淹れ、庭にジャスミンが咲けばジャスミン茶を淹れる。今年は日本の藤を植えたが、随分伸びた。来年には花が咲くかな。風流というか、ただジジむさくなっただけか。あと十年もすると俺の庭もチョット見られるようになるだろう。

◉1月18日

日本から宝石商が十数人、団体になってはるばるテオフロに来た。サンパウロの日本人宝石商が俺を彼らに紹介してくれたが、その団長が「あんたの名を東京でよく聞きますよ」と言ってくれた。嬉しかった。

◉1月19日

市場で一週間分の食糧を買う。相変わらず市場には野菜が少なく果物ばかりが多い。野菜は一〇〇〇キロも離れたサンパウロから送られて来るんだからしょうがないか。葉物野菜は少なく、例外なく高値だ。葉食主義と言えるほど葉っぱを食って生きている俺は、仕方なく我慢して買う。今日買ったのはナス、ピーマン、インゲン豆、オクラ、ネギ、キャベツ、西洋セリ、玉ねぎ、ジャガイモ、からし菜。白菜のある時期にはこれも買う。肉は一キロ。半分でいいんだが肉屋がいい顔をしない。あと卵一ダース。

梨の苗木を一本買った。将来土地を買って果樹園をやる時のために、この気候でどう育つか実験だ。

◉1月22日

このところあちこちからゲリラ豪雨だ水害だと騒ぎが聞こえてくるが、北部のセアラ州では何か月も雨が降らず、州都フォルタレーザは市全体で節水しているとか。十年ぶりの干ばつだ。世の中ままならない。ままならないのは俺だけじゃないんだな。

しかし今日のテレビによると、今ブラジルの殺人・強盗・カッパライ・ひったくりなどの発生率は世界一なんだそうだ。リオのある場所では通りの全部の店が軒並み強盗に入られた。中には八回目、九回目だという店もある。二、三回目までは警察に届けたが、何の役にも立たないので、今では命を取られないようおとなしく金品を渡している、とインタビューに答えていた。無法地帯だな。

夜、やることもないので、手持ちの原石を端からひっくり返していたら、トルマリンの猫目の素晴らしいのが五個ほど見つかった。普通の石は良し悪しが一目瞭然だが、トルマリンは上質の物はど見つけるのが難しい。

野の小鳥　庭に巣を組み花ゆらす
来るたびに花ゆれ小鳥枝にあり

◉1月31日

「働けどはたらけどなお我が暮らし楽にならざりじっと手を見る」というけれど、手を見ても、足を見ても、どうもたいしたことにはなりゃしない。手相や運勢なんて見るわけにいかん。何て出るか分かったもんじゃない。目が見えなきゃライオンのそばにいても怖くないのと同じだ。先が分からないからこんな俺でも呑気に構えていられるのだ。

昨日買ったトルマリンの猫目は、買った時はこんなもの何になるか！　と思ったが、水に漬けて洗ってよーく見ると、どうしてどうして、なかなかいい。当分暇つぶしに磨こう。

木々みどり風吹き抜けて俺の庭
蝶小鳥きえて木の葉を叩く雨

◉2月1日

ある日友人が来て庭の雑草をくれという。その雑草が腎臓病に良いとは聞いていて、俺もだいぶ以前から腎臓をやられてはいたのだが、フーンと思っただけだった。しかし友人はあちこち探しまわっても見つからず残念に思っていたところ、わが家に雑草としてワンサカ生えているのを知って、あきれながらも欲しいという。ケプラペードラという雑草で、「石を壊す」という意味だ。俺の庭は門から一〇メートルほど飛び石を置いているが、その周りに敷き詰めた砂利にこの草だけが生えているのだ。これは俺のために生えてくれたのかもしれないな。試さずばなるまい。

見るだけでは効くも効かぬも庭の薬草《くさ》
雨ふれば急に重たき葉のみどり

◉2月5日

ゴベルナドールの友人がトルマリンの猫目の原石を売りに来た。八キログラム程だ。たまには買ってやらんと持って来なくなるので、今回は付き合った。一つの石を切ってみると真っ赤な石、ルビーライトだ。一四カラット取れた。すばらしい！　これで一か月の生活費はできた。勇んで他の石も急いで切ってみたら、全部ダメ。やれやれ。

◉2月7日

今日はまたピンクトルマリンの原石を買った。こいつは無傷のものを取るのに骨が折れる石だ。六カラットくらいのものが二個、一・五カラットのものが三個とれた。今年はまあまあのスタートか？　悪くない。

◉2月12日

一五日からカーニバルが始まるが、もうドンチャカドンチャカと至るところでやっている。国の窮状もおかまいなく、カーニバルの一か月も前から町中でそわそわしている。呆れたもんだ。もっとも、世界中がこんななら戦争なんて起こらないかもな。

今、ブラジルはすべてがアンバランスだ。教育のある者ない者の格差も激しい、金持ちと貧乏人の差も極端だ。工業、商業、農業すべて破綻に瀕していて、政府の施策も支離滅裂だ。政府系の銀行の貸付利息が年に三〇～四〇パーセント。一般の商業銀行が月に四、五パーセント。これが「高金利によるインフレ対策」ということらしい。ここまで来ると、何をやっても火に油を注ぐようなものだ。一方で労働者は権利ばかり主張して、労働する義務などはないと思っているらしい。朝令暮改の法令も出るわ出るわ。いまに辻褄が合わなくなりそうだ。

◉3月4日

遊びに来た友人が、たまたま置いてあった石を取り上げて、こりゃあ凄い！　と驚いた。三〇〇グラムほどの石がすべてトルマリンの猫目石だったのだ。これは切るための石ではなくコレクション用の石だが、周りに雲母や土がこびりついていたので売り手も俺も気づかなかったのだ。これはストックにしておこう。インフレが激しいので売却して銭に替えておくとすぐ目減りするからな。

◉3月9日

去年の暮にやりかけで放り出していた家の増築にまた取りかかろうと思う。今度は終わりまで出来そうだ。

◉5月4日

図々しく娘っ子の家に遊びに行ってきた。当地ではこれで初めて家の者に対して「娘さんに気がありますよ」という表現になる。躾が厳しい家はそうしないと恋愛が始められないのだ。しかしこんなことは二十歳前後の若者がするもので、俺のような四十男があまりするものじゃない。まあ、いい加減な気持ちではありませんという表現だ。そりゃあ町中で出逢って親も兄弟も知らないうちに恋愛しているのが普通だが。どうもバツが悪かった。町中で掃いて捨てるほど女にモーションをかけられても相手にせず、初めてこんな形で出かけたんだから、相当惚れていると思われただろうな。

一、そこそこの美人である

二、気立てがよい

三、気性がおとなしい

四、向こうもまんざらでもなさそうだ

いや、俺の経済状況はどうなりますかね。

◉6月3日

景気の悪い時には日記をつける気がしない。まったく書く気がしない。

もっとも、景気がいい時にいつも日記を書いているかというと、そういうわけでもないが。

何も書くことがなくてもこうやって日記帳を開くのは、何かを書いていれば、その日まで俺が生きていたという証拠になるからなのだ。

日本にもだいぶ長く手紙を出していないな。まあ、あちらからも来ない。一年半ほどになるかな。

お互いに便りのないのが無事の証拠である。

◉6月29日

今日は俺に大異変が起きたよ。ブラジルに来て二十二年。踊るのが大好きな人間ばかりのこの国で、二回しかダンスをしていなかった。もちろん踊りたかったわけではなく、やらされたのだ。

先日ルイスが家に来て俺に言ったのだ。お前はもうブラジル人よりもブラジル人だが、唯一ダメなのはダンスをしないことだ。それではつまらんぜ。女の子があんなにダンスをしたがって寄ってくるんだから、覚えなければいかん、と。

そこである日、街はずれのボアッテ——ナイトクラブに入ってみると、誰もいない。当たり前だ。けんか騒ぎからピストルをぶっ放す騒ぎが時々おこる薄汚いボアッテなのだから。女が二人いたので、ダンスを教えてもらうことにした。暇をもてあましていた女たちは渡りに船だ。こちらは格好悪いもへちまもない。がむしゃらに踊ったら、まあ運動神経抜群の俺のことだ、すぐスムーズに踊れるようになった。意外と楽しいじゃないか。明日から踊りまくるぞ！　いつもニコニコほがらかに、だ！

◉6月30日

ローマ法王がブラジルに来ている。さすが世界一のカトリックの国だ。ブラジル中が熱狂している。この国の人間がこんなに統一されたエネルギーを発しているのは歴史始まって以来じゃないかというぐらいだ。宗教とは凄いもんだ。俺には何の信心もないが。

◉7月19日

考えてみると、俺は不思議な男かもしれない。まだ二十五、六歳の若造のつもりでいるのだから。周囲の同年輩の男たちを見ると、成人した子供がいる奴ばかりだ。俺はといえば、町中で若い女性に声をかけられて鼻の下を長くしているんだから世話はない。毎日毎日うるさい女房にギャアギャア言われるとげんなりしてどんどん老けると友人がぼやいていたが、その点俺は違うぞ。若い子の流し目にニッコリと微笑んで、チヤホヤしてれば若くいられるよ。幸か不幸かブラジルは独身男の天国だ。といっても、こっちに銭があるわけではない。首が回らなくて困っているんだが、まあ女の子たちは知ったことではない。ぎゃあぎゃあ騒ぐだけでいいんだ。こんな生活がいつまで続くか、まあこれが俺の人生、他人より青春が少し長いだけの事だ。

◉7月20日

うすら寒くなってきた。夜はみんな厚いのを一枚上に羽織る。ミナス北部でこんなに早く寒くなるのは驚きだ。

今日は庭木の剪定をした。ここは植物の生育が早く、しょっちゅう切らないとあっという間にジャングルになってしまう。慎重に手入れをすると庭の景観がまるで違って見える。新しい家に住み替えたようだ。

◉7月23日

いよいよ俺も奴らをどうにかするか、腹を決めねばならん。また悪徳業者に騙された。十年前にも日本人の友人にしこたま引っかけられたことがあったな。農業をやっていて使った農薬が原因で体を壊し、血の小便を垂れていた頃だ。全く金がないので川のほとりに住んで魚を捕り、それを食って三年間凌いだ頃だ。今回は事情が違うが、生活がシンプルでなくなった分、むしろあの時より苦しい。

しかし、ジタバタしたってしょうがない。今はこの悪い頭をこれ以上すり減らさないように、じっと天変地変でも来て事態がひっくりかえるのを待つこととしよう。

◉7月25日

レバノン系の石屋に呼ばれた。彼が持っている鉱山の石を見せられ、トルマリンの猫目になるかどうか鑑定してくれという。この男はレバノンからの移民の一世で、まだ三十歳にもならないと思われる若造だが、この町の金持ちの娘と結婚して悠々と暮らしていやがる。恐れ入った。

日本の宝石協会から先日送られてきた調査用紙をほったらかしていたら、催促の手紙が来た。近いうちに送ろう。

落ち葉焚く煙たなびく庭になり

◉8月5日

藤の挿し木をした。去年は何十本も挿したのに、一本しか発根しなかった。俺が留守をして手入れができない間に南国の強い日光にやられてしまうからだ。

庭にはいろいろな木が植えてあるが、美味い果物が実るものは植えられない。近所の子供たちが勝手に入って来てメタメタに取り尽くされてしまうのだ。それでもココア・コーヒー・渋柿などいろいろ植えている。コーヒーは明日あたり花が開きそうだ。

葉が一つ落ちて二つの葉が増える
古い葉に新芽の混じる風通る
風ぬるみ新芽が月に光りけり

◉8月23日

二十時間も高速バスの寝台に揺られサンパウロまで仕事に行ってきた。思っていたより良い結果だった。しかし、支払いは先付け先払いだ。そしてまた高速バスに延々揺られるのだ。貧乏暇なしとはまさに俺のことだな。俺は清く貧しく生きている。誰かキタナク、ユウフクになる手を教えてくれる奴はいないかねえ！

◉8月31日

寝ているところにルイスとジャイールがやってきた。街に行こうと言う。連中は途中でジョージも拾った。みんな何かあるのかと聞くと、今日はおまえの誕生日だからみんなで食事に行こうぜと言う。俺は驚いたが、考えてみれば連中がこんな形で誕生祝いをしてくれるのはこれで三度目だ。いい奴らである。

帰りにジャイールの兄の農場に寄ったが、テオフロの近くにもこんな土質の良いところがあるのだと感心した。思い込みや速断はよくないな。

◉9月7日

ブラジルの独立記念日だ。近頃は日本でも防衛問題がさかんに論議されているらしいが、ブラジル人は面白いことを言う。「ブラジルには誰も攻めて来ない。なぜなら、占領した後の始末や経費が大変で、一銭の得にもならんから」だとさ。

◉9月12日

今日はミナスの町の農産品品評会が開かれた。農産品と言っても、まあ牛がほとんどだ。売買も行われる。

この町の品評会は実に楽しい。なにしろミナスは有名な美人の産地だ。この日はその娘っ子たちがワンサカワンサカ集まって来るから、なかなかの見ものだ。従ってここへ集まる男の九割九分は農産品ではなく女性の品評会をする奴らだ。一方で娘っ子達の気の入れようも半端じゃない。銀行の支店長と連れ立って出かけたら、行き合う娘っ子がみんな俺に挨拶してゆくので、支店長にいちいちその女が誰なのか尋ねられる。そこで俺は逐一年齢、名前、住所、家族構成などを答えるので、このあたりの女はみんな知り合いなのかと驚かれた。俺は「この地域の統計局の役人がなぜ俺を迎えに来ないのか不思議だ」と言うと、周囲に爆笑の渦がわいた。

◉9月17日

このところ何となく商売が良くなりそうな気配がある。トパーズというのは白いものだが、X線で青色にする技術が外国から入ってきたのだ。おかげで今まで屑扱いだった石が値上がりして引っ張りだこになった。俺はかなり昔、相場が二〇〇クルゼイロの価値の石を扱っているとき、一〇や二〇クルゼイロの小石を売るつもりもなく、庭に砂利の代わりに敷こうと集めていた。ただ同然に手に入れていたから、こいつが一〇〇キロほどストックがある。今三キロほどサンパウロで放射線ショック療法中だ。待てば海路の日和ありだ。

ちょっと計算してみよう。一キロの原石から少なくとも一〇〇〇カラットは出る、粗削りは自分でやる、カッティングと磨き代が多く見て一カラット二〇クルゼイロ。一キロの原石から約三〇〇〇ドルの儲けになる勘定だ。しかも原石は品薄だし、放射線の処理業者のルートも一般にはなかなか摑めない状況なのだ。今のうちだ。

しかし、捕らぬタヌキの皮算用になるかも知れぬ。なにしろ加工を依頼した品物が俺の手に帰って来る保証がない。どいつもこいつも信用ができない。それがブラジルなのだ。

◉9月19日

驚いたのなんのって。車のブレーキが突然利かなくなったのだ。しかも前はカーブで四メートルほどの崖、おまけに下り坂ときた。さらに今日は市場があって、道路の先は人出の多い町中ときたもんだ。サイドブレーキを引く間もない。ままよと歩道に乗り上げて急ハンドルを切ると、下り坂に横倒しになったが、それからさらに反対側の歩道に乗り上げて、人家の塀にぶつかってやっと止まった。人を轢き殺すかと真っ青だったが、自分にも怪我はなく、車もまあタイヤを痛めただけで済んだ。結局、先日ブレーキの送油管を取り換えた時の修理工のヘマである事が分かったのには激怒した。まったくブラジルの職人は何をやらかすか見当がつかん！

◉9月24日

例年九月も半ば過ぎれば猛烈な暑さでやりきれなくなるのに、今年は何とも涼しい。

車の運転免許の書き換えに行った。明日できると言う。驚くべきことだ。ブラジルもこんな仕事が早く出来るようになったもんである。

近頃、世界は暗黒の時代になりつつあるようだ。昔の人は「光あれ」と言ったようだが、現代はそんな危ないことは願わない。下手にあちこちピカッと光られるといろいろ都合が悪いことが山とある。まあところどころに暗黒がある方が面白いかもしれないよ。

苦しさも楽しさもみな人の道
故郷《くに》想う頭をよぎる不安あり母は確かに健在《げんき》なりしや

◉9月26日

一時サンパウロに行ってたあの子が家にやってきた。一か月ほどテオフロに滞在するという。十九歳、ポチャポチャとした可愛い子ちゃんだが、今俺が口説こうとしている子と鉢合わせでもしたら元も子もなくなってしまうぜ。

◉9月29日

藤のつぼみがあるのに気付かず剪定してしまってガッカリしていたら、隣の木によじ登らないと見えない所に一つ残っていた。嬉しい。柿も一つ花を付けている、しかも苗木からではなく種を蒔いて育てた実生の木だ。感慨があるね。

セミ産まれ新芽にのぼる庭に風

◉10月4日

確かに不思議なことだ。十月にこの寒さ……こんなに天候不順だと持病が出る。神経痛のたちの悪いのに悩まされるのだ。長い間こんなことは無かったので、いろいろと気になる。もっとも一昔前、死に損なったことなら何度かある。一九五八年の四月には、体の半分まで冷たくなった。あの時は朝まで持つまいと覚悟したものだ。それまで十数年農薬を使う仕事をしていたから、この歳になってその影響がチョクチョク顔を出して来た気がする。

何も想わず何かを想う
一人静かな夜更けの異国
小雨の庭我れ体調を思う
腎臓を病む幾星霜
過ぎし日々楽しく想う
一抹の不安これからの道
俄かに小鳥飛び立つ夜の庭
その命天にゆだねて

◉10月20日

奴凧糸を離れて朝帰り
啼く蟬も舞う蝶々も庭の内
庭に舞う蝶々蟬も俺のもの

◉10月22日

どうやら夏の気配である。どこへ行っても蟬時雨。魚たちの産卵期だ。沼と言わず河と言わず、猛烈な蚊の大群が暴れまわる時期でもある。こんな時期に友人が金を採りにアマゾンの流域に行って、マラリヤに罹っただけで空しく帰ってきた。一年中で最も悪い季節にアマゾンに出かけるなんて、何があったか知らないがよほど金に目が眩んだのだろう。

夜、昆布とスルメを醬油で煮て、言ってみればおでんの代用品のようなものを作ってみた。たまにはこういうのも美味いもんだ。

鳥が鳴き朝が来て寝る独り者
春霞月も眠そな顔を出し
綿雲のたなびいて消え春の空

月は今中天に在り
雲なぜか月をよけり
東より西に向かいて
ある時は速くまたゆっくりと流る
時に過ぐる雨
すなわち此処がエデンの園

◉11月11日

ブラブラしながら広場に行くと、日本で言う井戸端会議だ。人が集まると、もう長いこと話題はスリ、カッパライ、ひったくり、泥棒、強盗、ギャング、そして殺人の話だ。殺伐としているが、話題といえばそんなものしかない。次がインフレ、不景気。もうちょっとマシな話題はないもんかと思うが、いい話なんかまったく出てこない。それでもこの国は息苦しい日本と違ってなんとなく俺には住みやすいから不思議なものである。

◉11月14日

電気を消してベッドに横になると、天井にピカピカ光るものが飛んでいる。蛍だ。そう言えば乾燥が激しいからか、蛍が出るのが遅い。例年なら雨がもっと降り、蛍がやたら飛びまわる時期なのに。それでもミナスはまだ良い方だ。信じられないことに、北東部のセアラ州など二年も雨が降っとらん。しかしこれは、チョッピリ降っても困るのだ。その湿りに農業をやっている者は慌てて種を蒔き、芽が出て希望を持たされても結局は枯れてしまう。北部では平坦地も山岳地帯も区別なく人も動物も飲む水まで無くなっているから、なんともキツイことである。

◉11月16日

日本の宝石屋の買い付け人の諸橋君が我が家にやってきた。夕飯にとろろ汁を作って二人で食った。家でコメの飯を炊いたのはなんと六年ぶりだよ。コメの代わりは何を食って生きているのかって？　うどん・ラーメン・マカロニだ。麺類ばかりで気も長くなりまっせ！

◉11月17日

どうやら雨季になってきたようだ。雨上がりの庭は一段と緑が美しい。花の蜜を吸いにハチドリが来て、時々家の中まで飛び込んでくる。なかなか面白い鳥で、空中にピタリと止まることができる。ブラジルには八十種類もいるらしい。前後左右どうにでも飛べる器用な鳥だ。家の中へ来て俺の顔の前一メートルほどの所で静止して、顔を覗き込むようなかわいらしい仕草をする。止まっている時の羽の動きは速すぎて肉眼では見えない。

◉11月18日

今日街で買ったトルマリンの原石は面白かった。半分に切って二人別々に買ったのだが、俺のほうが良い方を安く買うことができた。トルマリンが猫目になるかどうかを見極める方法は二通りある。針のようなインクルージョンが多い石は見て分かりやすいが、質が悪く安値にしかならない。一方反射で作られる目は原石の時は見極めるのがとても難しいが、高価な品になる。今日は六カラットが採れた。

よくトルマリンの原石を売り付けに来る石屋が逆に俺から買いたいとうるさい。この男は常に俺に言うのだ。原石を見てどんな品が採れるか見分けられるのは俺とお前だけだから、他人にその方法を教えてはダメだと。他の者は原石から偶然猫目が採れるだけだが、俺たちは猫目が出る石だけを買い取るのだ。

◉11月26日

サンパウロで買って来た昆布を酢に漬けて、醤油、味の素などのタレに漬けこんでおいたのを試食したら、これがまた美味い。山芋の一品料理もいける。チョンガーはロクなものを食っていないと思う奴もいるのだろうが、逆である。美人のかあちゃんも子供もいない俺には、飯ぐらいは美味いものでなければ喉を通らんのだ。先日ナベさんが日本から帰ってきて梅干しと紫蘇の葉を分けてくれた。やはり日本から持ってきた物はなんとも美味い。

◉12月12日

また一週間分の野菜を買いに行かねばならない。今日は肉は買わない。何故かというと、上等な部位の肉は、そこに出ているのを丸々全部でないと売らないからだ。たいてい三キロはある。買った日に味付けして小分けにして冷凍し、ボチボチ食う。二週間はかかる。面倒だが仕方がない。そこでまだストックのある今日は買わないのだ。最近は野菜がいつでも豊富に出回るようになったのでありがたい。

帰宅して、泥棒にやられた！　と驚いた。部屋の中がめちゃくちゃなのだ。しかし犯人は猫だった。家に入ったのはいいが、出られなくなったらしい。俺の家はまだ一回も泥棒に入られていないので、みんなこの泥棒天国のブラジルでなぜ留守がちの俺の家が荒らされないのかと不思議がる。なあに、簡単な仕掛けなのだ。近所でおしゃべりする度に、俺んちには見つからないように罠が仕掛けてあって、いつも帰宅すると今日は誰かひっかかってぶら下がって死んでいないか心配なんだ、と喋りまくるのだ。冗談のようだが、こういうのが効くのがブラジルなのだ。

◉12月25日

近頃は町でもすっかり有名人になってしまったようだ。町なかでドイツ系のかわいい子ちゃんに、家に遊びに来いと誘われた。気の小さい俺はすぐに行きます行きますと返事をしたが、どうもすっかりプレイボーイと思われている。おまけに街の有名人に会うと、みんなどうも四角四面の挨拶をしてくる。なんだかおかしいと思ったら、どうも友人たちが俺のことをもの凄いインテリだと宣伝していているらしい。プレイボーイに見えたり、インテリに見えたりする良い顔に産んでくれた親に感謝しなければならんな。以前、中国系の奴に俺の名前の文字の意味を聞いたことがあった。「瑗」は「すばらしい女性」という意味。「得」は「恵まれる」ということ。親父が考えに考えて付けたらしいが、この国に子孫を残さないと決心して結婚もしない俺にはなんと似合わない名前と思っていた。が、いつも若い美女に追いかけられているんだから、まさにピッタリの名前だと思い始めている。父ちゃん母ちゃんありがとう、だ！

◉**12月29日**

昨日、近所の人がバスの事故で死亡したとの報。突然の事で言葉もない。ブラジルはバス事故が多発する。今回は即死が十五人ほど、怪我人も多く出たらしい。俺も乗っているバスが事故を起こしたことが二回ある。クリスマスから正月にかけては毎年こうだ。この時期に有給休暇を取る運転手が多く、残った運転手には相当負担がかかっているんだろう。俺には暇はいくらでもある。バスには他の季節に乗るぜ。

◉**12月31日**

そして今日も事故の知らせだ。乗用車とトラックの事故で六人即死。

年は終わりぬ。過ぎた時間も大切には違いないが、俺は毎年、これからやって来る時間に期待している。

1981年

◉1月1日

年頭に改めて思うが、おそらく俺の人生は、遺すものなど何もないだろう。痛快なような気もするが、こういう男がいたという記録ぐらいはあっていいじゃないか。今年は日記に思い出話も書き残してみよう。ブラジルでは面白いことやら、楽しいことやらが沢山あった。これからも酷い話に巻き込まれるのと同じくらいにそういうこともあるだろう。それを記録しておくのもおつなものだ。

◉1月2日

どうも今年はまた景気の動向に注意しなければならない年になりそうだ。ブラジルのテレビに映し出されるアメリカ、フランスなんかの生活はいつだって派手でぜいたくな場面ばかりだ。この慢性不景気なブラジルで、国民の多くが同じように贅沢な生活ばかりを夢見ている。生産性の低い国情から言ってどうしても無理が生じる。うわっつらの文明が栄え国が亡びるってやつだ。

◉1月3日

竹の子を採ってきた。今アク抜きをしている最中だ。明日は美味い竹の子が食える。まあ当たり前なのかもしれないが、この辺の人間は竹というものが食えるという事さえ知らん。俺が食うと言うとみんなビックリする。日本でもブラジルで竹が生えていて、それを食ってる俺のような奴がいるなんて知りもしないだろうな。ブラジル人と食いものがカチ合わないということはつまり独り占めだから、まあ良いことだ。

◉1月4日

アク抜きの済んだ竹の子を昆布で煮て食べた。これはブラジルの味なのか日本の味なのか。友人にも分けたが、まだまだ沢山ある。タレに漬け込んでおくと一年先まで持つので、また明日も竹の子採りに行こう。実はこの町に竹藪などはいくらでもあるのだ。

◉1月5日

年末から正月にかけて降った雨はあちこちで水害騒ぎを起こした。近頃の雨の降り方は毎度毎度こんな感じだ。降ればドカンと、後はカラカラ。まったく、何事も極端から極端に走る現代の社会状況と地球の気候とは何かの関係があるのじゃなかろうかと思ってしまう。

ブラジルではまともな思考力を持った人間なんてものは目に見えて少なくなった。白でない、と言えばじゃあお前は黒だと言うのだな、と来る。極端になってしまった人間の思考法が結局は自然を破壊しているのだから、自然も人間社会を破壊するんだろう。

◉1月7日

人生とは何ぞや？　と考えてみると、人生には目的があると考える者もいるのだろうが、結局は見栄や提灯を張っているだけのことじゃないかと思う。人生なんてただの行くあてのない旅だろう。旅ゆく道端に、時には花が咲いていたり、毒蛇がいたりするだけのことだ。ひとりで異郷にいると、余計にその感が強い。人間どうせ死ぬと決まっている。死なない程度に飯を食い、人生とは何ぞやとぐるぐる考える旅をするために、この人生があるのだと俺は思っている。そのうち考えが変わるかもしれないがな。

いや、もう変わった。世の中には美人というものがいる。もっと美人を！　もっと若い娘をと言いながら、モテもしないのに夢ばかり見るためにこの人生はある。目的だな。

今日は俺のブラジル人生を振り返ってみたくなった。

一九五七年六月十一日に長い航海を終えてサントス港に降り立ち、コチア産業組合のモインニョベーリョの農業試験場に入った。三日間いろいろな説明を受け、移民それぞれの受け入れ先に向かった。俺の受け入れ先はサンパウロの街から二五キロ離れた、小さな日本人集団入植地だった。その熊本県出身の農場主の下で約一年間働いたが、この農場の経営がはかばかしくなく、どこでも好きな所に勝手に移ってくれと言われた。まあクビみたいなもんだ。経営規模が小さかったせいもあるが、結局日本の箱庭的農業の手法から一歩も出られなかったせいだと思った。農場主は夢破れ日本に帰国してしてしまったようだ。

そこで、似たような他の農場に移った。同じコチア産業組合のもとにある日本人農場だ。当時日本からの青年移住者はコチア産業組合と四年間の労働契約を交わして移住してきたので、その間は簡単にそこから逃れることはできない。

一九五九年、一緒に移住して来た男と共同でミナスで土地を借りて仕事を始めた。一九六三年になって彼が日本からまとまった送金を得たので、他に土地を購入し本格的に農業を開始した。

全体としてミナスは土地が痩せている。しかし借りていた土地はほとんど無肥料で何でも作れる地質であった。そのため、この土地からの収益で経営を賄い、利益は買った土地の方の改良につぎ込んだ。ところが一九六八年になって、彼はこの土地を売却して、サンパウロへの転出を決めた。

売却価格はインフレのため額面では高額になったが、結局日本からの送金の額に達することはなかった。

　俺はと言えば無一文、行くあてもなく、汗水たらして働いた結果農薬中毒となった身一つで放り出される形になったわけだ。仕方なくブラジルでは最下層の生活者と見なされている川漁師と一緒になって魚を捕り、無為な三年間を過ごすことになった。

　今日はここまでにしておこう。

◉1月8日

　一九五八年、日本人農場主のもとで働いていた頃の話だ。俺が惚れ込んだ町があった。ミナスの西南のパッソスである。女性が綺麗だし、気候も良い、海抜七二〇メートルの高原地帯だ。将来性もありそうだし、住民の人情がすっかり気に入った。日本から一緒に来たH君と俺が給料取りになって当面の生活を維持し、もう一人、A君にも来てもらい野菜生産を担当してもらおうと相談がまとまった。

　しかし、A君はなかなかやって来ない。もう彼のことは諦めていたら、K君が参加してくれることになった。三人でいろいろと準備をしていると、A君がひょっこり現れて、今になって俺も参加すると言い出した。そして先輩であるH君に「開拓というのは物凄くつらいものだ。君に無理に仲間になれとは言わない」と言い放った。必死になって準備をしていたH君は後からのこのこやって来てこういうことを言うA君に当然ながら腹を立て、一通の手紙を俺あてに残して去っていった。今でも臍《ほぞ》を噛む思いだ。

まあともかく、農場主のもとで働くのを終え、三人の開拓生活が始まった。親切な地主は牛乳を毎日四リットル出世払いで出してくれた。

しかし、それ以外は何も食うあてがない。地主の牛小屋の脇に自生していたサトイモを貰ってきて、毎日茹でて食べた。おかげでサトイモを見ただけで口の中がえぐくなって参った。ついにはサトイモを見ただけで体に震えが走るようになった。恐ろしいものである。見兼ねた地主が米を一俵貸してくれたので、ようやくコメの飯にお目にかかれた。いまでもあの折のことを思い出すと、感謝の念が蘇る。他にはサトウキビをかじり、オレンジの木によじ登ってまだ食えないようなものまでもぎ取ったり、なんとか飢えをしのいだ。慢性的な栄養失調状態で過ごしたので、この頃に歯がガタガタになってしまった。ひどいものだ。

その年の九月にはようやく収穫があり、一息ついた。ゼニも少しずつ貯まり始めた頃、K君が抜けると言いだした。無理もない、彼は過去に農業などこれっぽっちも経験はなく、ブラジルでは大農場でトラクターを運転していたのだから。手で草を抜いたり、鍬で土を掘り返す重労働に嫌気がさすのはもっともだ。よく続いたものである。彼の人生選択だから仕方がない、当時の蓄えをすべて餞別として贈った。

残った二人でなんとか頑張り、十二月の半ばには銀行からの借金は全部返済することができた。

四月に作付けを始めて十二月には借金を完済したのだから、あの頃は物凄い働き方であった。しかし、後に農薬中毒になって素っ裸の状態になるとは夢にも思わなかった頃でもある。

楽しかった思い出もひとつ書いておこう。

収穫が迫る時期に困ったのは、隣の農場から豚の大群がなだれ込んで来ることだった。五十頭百頭という群れがイノシシのように突撃してくる。棒を持って追い廻してパカパカ叩きまわるのだが、豚は人間より足が早いのだ。しかも繁殖用の豚は痩せていて犬よりすばしっこい。隣りの農場主に何度も囲いを修理するように頼んでもダメなのだ。なにしろ相手は地元の二大名家のひとつで、我々の地主の叔父さんでもあり、文句も言えない。

しかし何度目かの襲来でとうとうこっちも堪忍袋の緒が切れ、豚をぬかるみに追い込んで数珠つなぎに縛り上げ、喧嘩腰で隣の農場の支配人を呼んだ。腰に大きな山刀を吊るした見るからに一癖も二癖もありそうな奴らが十人ほどやって来た。おいジャポネーズ！　何か用か！　という眼つきだ。俺はグッと下腹に力を入れて、平然を装い「その豚に指一本触れるな！　支配人はこっちへ来い！　今から俺の言うことをこの紙に自分で書け」と、ペンと紙を渡した。こっちも必死だから迫力があったのかどうなのか、「今後日本人の畑に入った豚は、許可無く殺しても一切の抗議をしない」と書かせ、署名させた。

その後、豚の大群は現れなくなった。ところがなんたることか、一難去ってまた一難、今度はその地主の息子の農場の牛の群れが襲来するようになったのだ。牛は豚なんかに比べると話にならないほど大きい。必死に押えてねじり倒そうとしても、首にぶら下がったまま三〇メートル以上ひきずられたりした。何度も抗議したが、またまた埒が明かない。今度も最後の手段として俺が地主の家に乗り込んでいくことにした。周囲の知人たちは「あの地主はライフル銃を持って馬で農場内を見回っている。止めておけ」と口々に言う。

皆の助言を聞かず地主のところに行ったが、当然ながら話はこじれた。俺は「牛飼いは他の土地に逃げないよう囲いをする義務があるだろう。そちらが囲いを直さんというのなら、こっちの畑に入ってきた牛は生きてお前の農場に戻ることはないからそう思え」と啖呵を切った。売り言葉に買い言葉で、彼曰く「ああ結構だ！　殺せ！　そしたらあとは裁判で決着をつけよう」と来た。そこで俺は「了解した。ではそういうことで、今から警察署へ行き、事情を話し、畑に入った牛を皆殺しにする許可証を貰って来る」と落ち着いて答えた。本当に殺すなどとは思っていなかった地主側は冷静な俺に慌てて「今日はもうどうにもならんが、明日こっちで手を打つので一日だけ待ってくれ」と折れた。以後、牛は一頭もわが農場に入って来なかった。

若かったなあ。今なら子牛でもぶん投げてやろうなどとは思わない。

あの頃も農場を取り巻く天候はひどかった。まず水害に見舞われ、次に霜にやられ、今度は干ばつが来て、雨季に入ってすぐに雹が降ってきた。これが一年の間のことである。それでもなお儲かったのは、農場の土地が肥沃だったからだ。地力があった。この土地は作付すれば何でもよく育った。それも最高の品質の物がである。人口約五万人の街でこの話はたちまち知れ渡って、うちの出荷日には八百屋の前にお客が列をなして待つという状況になった。一九六〇年頃のことだ。

◉1月9日

新聞を読んでいると、このところのインフレは一一〇パーセントだと書いてある。生活費は六〇〜八〇パーセントの上昇率だという。つまり値上がり率の低い物を商っている人間は食えなくなるではないか。まったく、さすがに笑いごとではない。

◉1月10日

一九五七年頃のブラジルはまだいい国だった。一九五六年にジュゼリーノ・クビチェックが大統領になって、工業化を急ぎ過ぎて国をダメにしたと俺は思う。首都をブラジリアに移し始めた頃のこの国の人々は、ブラジル人としての誇りを持っていた。今はどうだろう。

ブラジリア建設の汚点のひとつは、この国の役人たちに種々の汚職の味を覚えさせてしまったことである。当時はあと二つ三つのブラジリアが造れるほどのゼニがバラまかれたという噂であった。俺の友人のトラックの運転手は、材木の納品に行ったら、その場で伝票にサイン、いったん室外に出たらまた戻ってサイン、また戻って三度目のサインでやっと代金を受け取り、荷物を降ろして帰って来るというのだ。つまり、二台分はゼニをひねり出すための空伝票なのだ。こんなことをやっていたら一部の者は一瞬だけ豊かになるが、実体のない経済全体はいつか破綻する。それが今のブラジルだ。

今日の思い出話。農薬のことを書いておこう。

ブラジルの農業は農薬の使用量が非常に多い。冬が来てもそんなに寒くないので、害虫は一年中増える。作物は同一作物を一年中作り続けているのだ。細菌も薬に耐性ができて強くなる。それを抑えるために散布回数を増やし、濃度を濃くするわけだ。

一九五八年の五月か六月の頃、下半身にケイレンが来て、足の先からドンドン冷たくなった。夜ベッドの中でガタガタと震え、夜中には腰まで冷たくなり、これでは朝まで自分の命はもつまいと思った。ブラジルに来て二年目で遂に死ぬのかと覚悟しながら、隣の部屋で寝ているN君が朝起きたら俺が死んでいるのを見つけてビックリするだろうなあ、などと考えてもいた。夜が明けて太陽の当たる所までなんとか這い出し、日向ぼっこで体を温めた。その時は何がなんだかわからなかったのだが、後で典型的な農薬中毒なのだと知った。

その後、影響が残って尿道結石をやった。これは物凄く痛い。小便が出ないので、力んで無理矢理出した。石は出てくれたが、力みすぎて尿道を傷付けたらしく大量に出血し、その後一年以上も血尿が続いた。貧血のために長距離バスのターミナルでひっくり返ってしまったこともある。よく死なかったものだ。水銀系の農薬は体外に出るのに三十年以上かかるとも言われるが、もう俺にとってはどうでもいいことになってしまった。

◉1月12日

今日は動物たちの思い出を書いておこう。

まず蜜蜂の話。

ブラジルではシロアリが蟻塚を作る。古くなってシロアリが使わなくなった塚に蜜蜂がよく住み着く。その蜂を捕まえて飼っていたことがある。ある時、巣箱を持ち上げようとしたらあまりにも重い。これはまさに蜜を採集する時期が来たと思った。暗くなるのを待ちきれず、H君と採集作業を日中に行うことにした。大きな藁帽子の上から南京袋をかぶり完全武装して箱を持ち上げた途端、箱から蜜蜂がワッと出た。ところがかぶった南京袋の中にもすでに蜜蜂が何匹か入っていて、頭を刺し始めたのだ。

その蜂の興奮に刺激されたのか、周りからも大群が襲いかかってきた。走った走った！　俺は今に至るまでこんなに夢中で逃げたことはない。頭の後ろを無数の蜂が帯状になって追いかけてくる。H君が呑気なことに布に火をつけて燻そうと立ち止まったからたまらない。たちまち囲まれて刺された。なんとか追い払った時にはもう、体中ボコボコ。痛いもへちまもない。全身が火のついたように熱いだけである。

その後二人とも全身にジンマシンが出て、高熱に襲われた。もう立ってもいられない、ぐるぐる目が回る。ベッドに横になると今度は吐き気が襲う。吐いて吐いてもう吐くものもない。そしてまたグラグラと目まいに襲われまたベッドに……これを繰り返すこと数時間。その後やって来た地元の知人たちが、ブラジルの蜜蜂は人を殺すこともあるのに、よくもこんなに刺されて死ななかったなあと驚いた。

さすがにそれ以後、蜜蜂の飼育は諦めた。コリゴリである。しかし、この一件以降俺の持病だった神経痛がすっかり影を潜めたので、神経痛のショック療法だったと思えばいいと、友人たちの間で笑い話になった。

次は、アヒルの話。

一九六〇年頃、近所のブラジル人が一つがいのアヒルを飼っていた。オスは純白、メスは半々で白黒。聞くと飛び去らないように羽を切ってあると言う。そのアヒルを買い取って、ヒナをかえすと面白いことにやはり六羽が純白、もう六羽が白黒と半分になった。ヒナの方は自由にしてやろうと思って、羽を切ることはしなかった。ところがこのアヒルたちは飛び立つと何キロも離れたところに行くにもかかわらず、かならずうちに帰ってくるのだ。

家の周囲を飛び回り、屋根に下りるアヒルたちの姿は何とも言えない優美で見事な光景だった。餌が欲しいと、親の二羽、子供の十二羽が揃って並ぶ時の可愛らしさはなかなかのもので、自慢の鳥たちであった。

可愛くないものも書いておこう。

ブラジルには非常に多くの毒蛇がいる。何度も危険な目に遭った。一番ぞっとしたのは、日本でいうガラガラヘビに遭遇した時である。これはアメリカではサイドワインダー（横に歩くの意）、ブラジルではカスカベルと呼ぶ。この蛇は普通の蛇のように素早く動かない。警戒心が強いのか、人間に出遭うと動きを止め、じっとしている。翌日同じ場所に行ってもまだいる事があるほどである。

ある日の夜、家から一〇メートルほど離れた場所に作ったドラム缶の風呂に入り、家まであと数歩というとき、ズッ……ズッ……という音を聞いたような気がした。この蛇は尾にある鈴のような器官を鳴らして自分の存在を知らせるのだが、その音がまた何とも言えない不快な音なのだ。

大声で懐中電灯を持って来るようH君に叫び、足元を照らしてもらった。この間俺は微動だにしなかった。懐中電灯に照らし出された足元に、このカスカベルがいた。まさにその名の通り、長い棒が横にうねりながら動いて行く。あと一歩踏み出していたらガブリとやられていた。冷や汗が流れた。ただ、この蛇は踏みつけたり体に触ったりしなければ滅多に嚙みつくことがないのがまあ救いだった。しかし、この時の俺は素っ裸で、素足に草履ばきだったのだ。嚙まれ放題である。もし嚙まれていたら当時住んでいた農場は街から遠く離れていて病院なんかないんだから、即座にオダブツとなるところだった。

もう一度は、ジャラックスという二メートルもある奴で、これはまたやたらに動きが素早い。これがまあ、俺の前に立ちはだかった。足はないわけだが、まさに立ちはだかったとしか言いようがない。相手は首を立てて攻撃してくる。ぐっと上げた頭の位置が高さ六〇センチほどにもなる。さすがの俺もすっ飛んで逃げた。もちろん毒蛇中の毒蛇だ。ふりかえりもしなかった。

蛇に並ぶような猛獣のことを思い出した。

ある日農場近くの道に、太い鉄製の檻が置いてあった。中には何も入っていない。地主の話では、町に来たサーカスのライオンがこの近くで逃げ出して、まだ捕まっていない。君たちも十分気を付けてくれと言うのだ。仰天した。狭いとはいいながら、俺たちの農場は東西南北各六〇〇メートルはある。どこに潜んでいるかわからないので、夜など危険で出歩けないということになった。しかし、外に出ないわけにはゆかない。その時やその時だ、と言いながら、小さなピストルを一丁持って真っ暗な道をポテポテと歩く。あまり気持ちのいいものではない。どんな敵《かたき》持ちでもあれだけ周りに神経を配って歩いていた奴はいなかったろう。

結局、車のタイヤがパンクしたので仕方なく重い檻をその場に置いて行っただけだということを知るまで、一週間以上我々は抜き足差し足を続けたのだ。普段はとてもおとなしい真面目な地主にまんまと騙されたのである。こんな見えすいた冗談を信じていたのかと、地主は涙を流して笑っていた。

◉1月14日

今日もいろいろ思い出す。

パッソスの街に、日本人が経営する工場があった。石鹸、骨粉を製造し、マカウーバというヤシの実から採る油を搾る作業などをしていた。ある日その工場の支配人が、一人の日系二世を連れてきた。沖縄出身の男だった。第一印象はすこぶる悪かったが、後に彼抜きではその頃の生活は語れないほどの仲になった。

彼の妻は日本人ではなかった。現在はそんなにひどくはないが、当時の日本人居住地では、日本人以外と結婚すると村八分的な扱いを受けたものだった。俺がそんな偏屈ではないとわかると、家族ぐるみで付き合うようになった。そのうち彼らはサンパウロに引っ越して、ほどなく死んでしまったと風の便りで聞いた。

時期は逃してしまったが、それでもとはるばるお悔みに伺い、一応は神妙に挨拶したところまではよかったが、俺のことを「どうしようもない男、底抜けのふざけん坊」と言っていた家族たちの前では本性が現れて、お悔やみの席であるにも関わらず、家中笑いの渦である。俺は遠い所まで行って良かったと思った。湿っぽくなっていた家族の気分が、彼が生きていたときのように明るいものになった。いい供養になったように思う。

◉1月15日

年頭に思い出した昔のことを詳しく書いておこう。

一九六三年のことだ。友人のA君に彼の兄さんから送金があった。それを元手に土地を買って一緒に仕事をしようと俺を誘ってくれたのである。

手に入れた土地は非常に痩せ地だったので、まず土地改良からやらなければならない。この頃はまだ銭にも仕事にも余裕があった。A君は家も改修すると言う。職人は七五コントスでできるというが、ブラジルではそんな言い草は信用できない。見積もりの倍はかかるぞと注意したが、そのうち彼はまた職人から一五〇コントスかけたらドえらい物が出来ると吹き込まれたのである。俺は結局三〇〇コントスは必要になるぞと忠告したが、彼は手元にいま四〇〇コントスあるから、全部使ってもこれから収穫期になるから大丈夫だろうとあくまで楽観的だった。しかしそのうちなんだかんだと、終わってみれば七五コントスが結局五〇〇コントスに化けてしまった。

ところが、である。わが農地に植えた作物がまるごとネマトーダ（野菜につく病気）にやられてしまったのだ。地主から借りた良い土地の方は家から遠い上に低地なので、そちらはそちらで洪水に見舞われてしまい、やむなく返却することにした。資金難と戦いながら自分の農地の土地改良に取り組まなければならなくなってしまった。

しかし俺は、自分の農業理論には自信があった。ふと思いついてこの痩せ地に五カ所の大きな囲いを作り、中で豚を飼った。豚を折々に移動させて彼らが耕して肥料をふんだんに落とした跡地に野菜を植え、これをグルグルとローテーションするのだ。この農法は見事に成功した。しかし、あの年は三月から十月までほとんど雨が降らないというひどい年で、なんとも苦しい生活だった。

◉1月16日

前にも書いたが、農場をやめて一文無しになった俺は、近くの大河の中州に小屋を作り、川船に使い古しのオンボロエンジンを付け、当面魚を獲って生活することにした。この時は日本の兄弟から三十万円くらいを借りただろうか。この三年間は魚獲りの生活であって、決して漁業を営むというような話ではない。この辺の川には小さな島がいくつもあり、こういう生活の者がかなりいた。話をしてみると、喧嘩で相手を傷つけ、警察に追われここに逃げ込んだ者やら、酔っ払って警官と大立ち回りを演じてブタ箱に入っていたが脱走して来た奴やら、そんな連中ばかりだ。彼らと喧嘩をすると勝っても負けても同じで、負けた奴はピストルで復讐にやってくる。勝った奴は復讐を恐れて、やられる前にさらに行動を起こす。その繰り返しがあちこちで起こるという物騒極まりない地域であった。

しかし、こんな連中に混じって住んでいては危なくってしょうがない。俺は一計を案じて、皆がピストルなんぞを持っていない機嫌のよい時に、ちょっとしたアピールをしておくことにした。「なるほど君たちがケンカが強いことはここに住んでみてよくわかった。しかし、俺と喧嘩をしたら一秒と立っていられないぜ」と言ったら、予想どおりの反応で、なんだなんだと皆色めきたった。中でも一番獰猛そうな奴が、俺と試しに戦えと言いだした。向こうは筋肉隆々、浅黒い巨体だ。対する俺は痩せっぽちで貧相。結果は知れてるじゃないかという男たちの表情である。俺は日本を出る前に柔道をほんの少しかじっていたので、こういう図体がでかいだけ、怪力自慢相手への対処の仕方はわかっているつもりだ。突進してくる相手が力一杯殴りかかる力を利用して、俺は身をかわして足払いを掛けると、あきれるほど見事に男は吹っ飛んでいった。周囲はやんやの喝采である。俺は相手の機嫌も損ねないように、力では負けるのだと何度も相手を立ててやった。

まあその後の生活は、こう言ってはなんだが、島の主《あるじ》かヤクザの親分みたいなものになった。

しかし、彼らは魚が少なくなると他の流域に移動したり街に出たりして、次第に姿を消す。島の生活が二年目に入り、ついに周囲に一人もいなくなった。三十日間も人間に逢わず、もちろん新聞もラジオもなく、何がこの世に起きているのかもわからない。ただひとり、川の中で生きるのだ。ボロ小屋に魚の干物と燻製を千本もぶら下げて、かじりながら日々を生き延びた。「川中島の戦い」の三年間だ。こう書いているとよく生きていたなという生活だが、どこか楽しかったのかもしれん。不思議なことに、とにかく体はかなり健康を取り戻した。

さて、今日はこれまでにしよう。

◉1月17日

目の前で詐欺師の手口を見た。昨日街角のバー（コーヒーなども出す）で一杯やっていると、男が現れ、この店を買い取るという話になっていたらしく、小切手で支払をしていた。見ていると、店の商品であるタバコ、ウイスキー、などをみるみる運び出していく。今日になって店主が銀行にいくと、口座も何もなかったということだ。俺が知っている宝石商は、商売相手に預けた宝石を、明日代金を支払うと言われたまま持ち逃げされたが、こんな単純な事件はまだ可愛い方だな。

今日の新聞にはこんな記事が載っている。人口一万六千人のパルメイラ市で市民五千人が不満を口々に叫び、警察署に押しかけた。それを鎮圧しようとした警官隊と前後十数時間にわたり激突、死者一名負傷者双方に五十名。まあこんな世の中だ。逮捕された男は、鉄棒を持たされて警官を殴る仕草をさせられて証拠写真を撮られた、と訴えている。市民の反撃を恐れた署長や軍警はカーサ・ブランカ市に退避して情勢を見守っている。街には一人の警官も見当たらない無政府状態、だとさ。ブラジル全体が無政府状態みたいなもんだ。

◉**1月18日**

こちらに来てすぐの話は前にも書いたが、その時のことをまたいろいろ思い出した。

長い航海の末にサントスの港に着いた俺を迎えに来た日系農場パトロンは、俺を見て少々失望したようだ。こんな痩せっぽちでは農場の重労働に耐えられそうもないと踏んだのだろう。来たものは仕方がないといった顔つきだったのを覚えている。

組合によって配置されて行った先で合流したのは、新潟県の山奥の出身、昭和ひと桁生まれ、古い北国の習慣を持った男であった。彼の方はいいとして、俺の面や体つきを見たら誰だってガッカリするだろう。どう見ても働き者の顔はしていない。パトロンはこう言った。「私がここに日本青年を入れるのは、純粋な大和魂の姿を二、三世に見習わせようと思ったからだ」と。そこで俺は「和服みたいなもんじゃないんだから、大和魂なんてものはいつでも誰にでも見せられるものじゃないですよ。その時々に必要な大和魂が発揮されるもんだ。他人のゼニ儲けのために大和魂を出してくれと言われても無理な話です」と答えた。嫌な顔をされたが、まあこうやって初めからコノヤロウと思われたのも手伝ったのか、過酷な日々が始まった。

ブラジルに上陸した俺は農場での生活を始めた。朝五時半に隣の部屋のパトロンの目覚まし時計が鳴る。天井もドアもない家である。時計のベルは容赦なく鳴り響く。すぐに起床！　六時まで放し飼いの鶏の世話。六時朝食、コーヒーとパン。農作業の後早くも九時半昼飯、また農作業で十三時半に午後のコーヒー。さらに農作業で六時夕食、しかしそれからが大変なのだ。週に三日は夜の十時頃まで、二日は十一時かそれより遅くまで農作業。夜中の一時を過ぎることも珍しくなかった。土曜日も同様に働く。日曜日だけ午後二時まで働いて休み。若かったとは言え、この労働量で毎日五時半起きは辛かった。遂には目覚まし時計の音恐怖症になった。音を聞くとビクッとして体がゾーっとして震えがくる。次いで吐き気がするのだ。これが農場の家族並みという働き方である。家族の誰か一人が働いていれば、自動的に俺たちには働く義務があるのだ。そのかわり、四年間の契約期間が過ぎた時、パトロンは出来るだけの援助をしてやると言う。当初の契約労働条件は一日八時間労働である。俺は契約書には援助についての条件は何も入っていない。四年後に援助出来ないと言われれば、それでオジャンだ。おかしいではないか！　と主張した。

パトロン達が日本人を雇いたい理由を挙げてみよう。

一、労働時間を「家族並み」という契約にすると納得して、一日に十時間でも十二時間でも働かせることができた。

二、日本人青年の多くは、楽しい時も苦しい時も滅茶苦茶に働く。苦しい時ほど「コンチクショ

一、負けるもんか」と言ってより一層働くおかしな動物である。

三、ブラジル人は繊細な作業が苦手である。野菜や果樹は細かい気配りが必要だが、呑み込みが悪く不器用である。その点日本人は繊細で器用。

三については俺も独立してからひどい目に遭ったことがある。トマトの脇芽を欠き取る作業をやって見せ、実際にやらせて外出した。戻ってみると広大な畑のトマトはすべて葉っぱまで綺麗にむしられて、丸坊主になっていて泣くに泣けない気分だった。

そんなこんなのある日、パトロンの父親の十三回忌を営むことになった。俺達は休みになる。朝から休めるのはブラジルへ来て初めてだった。映画でも見に行こうと思っていたら、パトロンが君たちも仏教徒だから参加しなさいと命令した。頭に来て、俺は無神論者だ！ 宗教を信じるのは頭の弱い者のやることだ！ と怒鳴ってしまった。当然ながら彼に悪意はなかったのだが、頭にきてしまったものは仕方がない。あれから時が過ぎ俺は無神論者ではなくなったが、既存の宗教はやはりゴメンだ。

その後俺が住んでいたコロニアに、日本で坊主だった男がいた。どういう経歴でここに流れ着いたのかは知らないが、よく日本の青年の悪口を言っていた。ある日その男が挨拶もなしに俺に近づいてきて、もう悪いことは出来ませんね、と言うのである。何のことですかと聞き直すと、近頃日本の若者は与太者やヤクザみたいな者ばかりだ、親孝行をする子などいないそうじゃないか。あんたもこんな山の中に来ちゃあ下界でするような悪さはもう出来ないな、かと言ってもう親孝行もできやしないだろうと言うのだ。俺は「日本には日本の事を心配する人がいる。政治は政治家、教育は学校、俺の親には俺の兄弟、あんたがここで日本の心配してもクソのフタにもならんだろう！」と怒鳴りあげてやったら、以降は俺の前でぶつくさ言ったりからんだりすることはなくなった。しかしよくしたもので、そのまた息子が議論をふっかけてくるんである。こいつもコテンパンに論破してやり込めると、今度はブラジル語に変えて俺に突っかかってくるのだ。当時はまだブラジル語はまったく理解できない状態だった。しかしケツの穴が小さいというか、それで相手は大喜びなのだ。

この頃から、俺は日系社会を出ようと思い始めた。パトロンに、語学の習得のため近くにあった夜学の小学校に通いたいと頼んだが、許可されなかった。学校がだめなら独学だと辞書と首っ引きで時間を盗んで勉強したが、我流の発音・イントネーションが染みついてしまい、後々苦労のタネにはなった。

ともかくブラジル語を覚えるなら、日本人のいない地方に行けばいいんだ、生活の中で覚えよう、二世よりも上手くなろうと覚悟を決めて日本人コロニアを出た。正しい決断だったと思う。今ではブラジル人に、とかく議論では全くお前には勝てないと言われている。

◉1月19日

昨日も書いたが、俺の入植当時は、「家族並み」という言葉が流行っていた。もっぱら当時のいわゆる「新移民」——俺たちのことだが——を雇う場合に使われた。例えば家族の一人が早朝から働いていると、俺たちも連動して働かねばならない、誰か一人でも夜中まで働くと、そいつともまた一緒になって働かねばならないのだ。

俺のいた家は息子が四人もいて、誰かがいつも働いているのだから大変だ。土曜日も同じである。唯一日曜日は二時のコーヒーまでで、あとは休みだ。「家族並み」の代償が四年間の義務年限を働いて、年季が明けて独立する時のできるだけの援助だというのだが、もちろん「それができる場合は」だ。俺のパトロンもそれを口にした。昨日も書いたように、独立する時に援助がなければ働いた青年は働き損で、我々が組合と交わした契約書には、組合は四年間青年に仕事を与える義務があり、青年は働く義務があるとだけ書いてある。口約束に過ぎないのだ。

この頃の重労働で俺はかなり痩せ細り、結果的に四年どころか十か月ほどでここを出た。一緒に雇われた新潟からやって来た青年は四年間律儀に働き上げたが、独立する時はとうとう何ももらえなかったそうだ。十数年後に彼に会った時、彼は「ブラジル語は『おはよう』と『こんにちは』しか知らないから、恐ろしくて外出もできない」と言っていた。何十年ブラジルに住んでいても、日系コロニアの中にいたら独立しても同じことだ。何の交渉もできはしない。

日本と違ってブラジルには「農村労働法」という、農場主に有利な非常に厳しい法律があり、労働者に訴えられて負けた地主を知らない。しかし中には逆に土地を丸ごと取り上げられた農場主の例もあるらしいのだ。まったく言葉はわからんでは済まされない。

当時の日本からの移住は、地元のコチア産業組合の呼び寄せという形で、組合の中には担当の移民課があった。ここが移民希望青年の行き先を決めており、いざこざがあると雇い先を変更するなどの仕事をしていた。ここにいた知人に俺の事情を話し、日系コロニアを出て別のパトロンの所に行きたいという希望を伝え手を打ってから、事務所に行って最後の手続きをしようとすると、出てきた課員が「俺の知らない所で裏から手を回わして他の農場に替わりたいなんて言い出すとは汚い野郎だ」と怒った。俺もまだ二十一歳、若気の至りで「パトロンと喧嘩して来れば移れると言うなら話は簡単だ。そんなわがままを言いに来たんじゃない。パトロンを傷つけずに穏便に別れる方法を考えているんだ。どこが悪い！　狭い日系コロニアの中だけであれこれしてても意味はないぞ！　俺みたいにブラジルのどこへでも行くって言ってる奴を増やすべきだろう！」とありったけの大声で怒鳴りつけたから、相手はシュンとしてしまった。しかも、なんとこの一件が日系新聞にデカデカと報道されてしまったのである。さらに、そこには俺の主張がそのままに掲載された。

しかし酷い扱いを受けたものだ。まるまる一週間七日、一日十六時間働かされて、給料は一か月たったの八〇〇クルゼイロスだ。政府の決めた最低月給は三二〇〇クルゼイロスだというのに。おれはそんな日系コロニアを十か月でおさらばして、日本人のほとんどいないミナス州に移って暮らした。

一昔前にひどい扱いを受けて暮らしたせいで、様々な思い出が沢山あることは、かえってありがたいことである。時間が経過すると何事もいい思い出になってしまう。それにしても、当時移民青年の仲間皆が言っていた。「こんな姿は親には見せられない」と。

一九五八年の四月、俺はミナス州のパッソスという人口四万五千人の都市に移住した。当時フルナスという町でリオ・グランデ河を堰き止めてダムを造る工事が始まっていた。総発電量二〇〇万キロワットという、当時のブラジル最大の国家的事業だ。その労働者たちの消費する食料はサンパウロから出荷されていたが、野菜についてはパッソスで生産しようと計画され、俺はその計画に乗ることになったというわけだ。いよいよブラジル人の社会の中に飛び込むこととなった。言葉を覚えようと子供に話しかけるのだが、全く通じやしない。子供たちはキャアキャア笑うだけだ。ここで独学の弊害を身に染みて感じることになるのである。そこで俺がとった方法は、公園に座って、新聞や雑誌を広げて大声で読むというやり方だ。こうなるとまわりにいた大人も子供も寄ってきて違う違うとうるさいくらいに教えてくれるのである。街には先生がいっぱいいた。

しかし、そのあたりは全くひどい地質で、俺のパトロンは一年後には早々に農業を打ち切ることにしたほどであった。だが俺はパッソスの気候、風土がすっかり気に入ってしまったので、ここに残る道を選んだ。ここなら新移民も旧移民も住んでいないので、与太者だ、ヤクザ者だなどといういじめも遠い空の記憶となった。

このところ思い出話ばかり長くなってしまったな。日記を付けなければ。

昨日《きのう》夏今日は時雨《しぐ》れて日が暮れるブラジルの四季その日その日に

グッと冷え濡れて蝶々庭に死す

◉1月20日

聞いた話では、リオデジャネイロの警察の総元締めはギャングの総元締めでもあると言う。いやはやどういう国なんだろうか。彼のような人間がクビにも何もならないのは、他の偉い人の弱みを沢山握っているからだそうだ。今ブラジル銀行の利子は八七・四パーセントだ。利子もここまで来ると、インフレ抑制どころか火に油を注ぐようなもんだ。俺はもう知らんぞこんな国。

涼しさをコオロギが呼ぶ庭に風
イモもネギもみんな芽をだすザルの中

◉1月25日

ミナスの町の魚獲りは楽しいものだった。中古なんてもんじゃない、大古の川船を買い、シャフト、スクリュー、五馬力のガソリンエンジン等を集めてきてみんな自分で取りつけたものだ。どこで故障するかわからないので修理道具一式を載せて出発する。食糧として魚の干物、ふかしたサツマイモを積んで。漁具の網も自分で編んだものだ。サイズは大小あり、小さな網は浅瀬で使い、大きな網は大河で使った。捕れるのは四、五キロぐらいの魚や、一五〜二〇キロにもなる大ナマズだ。

別にいつまでという予定もなく、川の流れにまかせて川上へ川下へと、景色を楽しんでいつまでも川の中にいる。あのころは仲間にミナスの仙人と呼ばれたものだった。

島で暮らした頃、魚を獲る合間に鳥を狙う猟をしたこともある。しかしあまり銃は撃たなかった。あまりにも周囲に鴨やアヒルが沢山いたからだ。何万羽という群れを見ると、逆になかなか銃を撃つなんて気にはならないもんだ。ブラジルの大鴨は大木の上に止まる。たまに小屋の窓から適当にぶっ放すと、夕食のおかずのメインは焼鳥になる。猟の変わった獲物では、ある時カワウソを捕えたことがある。尻尾の先を持って顔の高さに持ち上げると、身長が一六〇センチもあった。

どんどん連想して思い出すが、ブラジルではスカンクのことをジアラタタカと言う。白黒のブチで可愛い動物だ。よくスカンクの最後っ屁というが、あれは本当に大変なもんだ。

ある夜、飼い犬がけたたましく吠えた。銃と懐中電灯を持って外へ出ると、可愛い奴が犬と睨み合っている。俺は咄嗟にオオアリクイと勘違いして撃った。相手はウッと唸って逃げて行ったが、その途端に犬は気が狂ったように悶えている。凄まじい臭いが立ち込めた。家から二〇メートルも離れた場所で起きたのに、それから一か月ほど家の中でも頭痛がするような臭いがこもっていた。スカンクの臭いというのは石鹸で洗ってもガソリンで洗っても消えやしないのだ。ブラジル人はあまりのことに頭がおかしくなるのか、この臭いは音で消えると言う。体に最後っ屁がかかった時は、死ぬほど苦しいが部屋にこもって鍋やお玉などガチャガチャと激しく打ち鳴らすと臭いが消えると言うのだ。思い出したくもないぐらいで、もちろんもう一度この方法を試してみる勇気はない。

◉2月2日

月曜日だというのに、一日中いろんな雑誌を読んで経済状況を調べて終わってしまった。物価がここ数日で急に上がり始めた。政府はもはや手も足も出なくなり、一切の統制を撤廃したのだ。銀行利子は月に七〜八パーセント、高利貸しは十数パーセントだという。ある人が銀行に二十万クルゼイロス借りに行って、一八か月で返済するとして試算してもらったら、翌月から分割で返済して返済金額の合計が五十万クルゼイロスになるというのだ。その男、銀行員に向かって叫んだ。テメエらピストル持って強盗でもやりやがれ！　その方がよっぽどまともな仕事だ！　と。

雑誌を放り出して庭を見たら、あまりに庭木が茂り過ぎて屋根に届いているので、ハンモックが埋もれかけている。どんな鳥か知らんけれど、俺のハンモックの上には巣がかけられていた。ヒナがチイチイと鳴く声が聞こえる。

庭茂り小鳥チラチラ来るわが家風流だけで時は過ぎけり
蜘蛛の網に家主もかかる昨日今日

◉2月4日

今日も猛烈な暑さだ。目が眩む。暑さが苦手なくせにこの暑い国にやって来たのはお笑い草だが、実際問題困るのは腎臓の持病にこたえることである。俺の人生、あまり長いことはないと思っているが、世界各地で不幸な人々が悲惨に死んで行くわけで、こんな程度であれこれ言うこともない。だいたい、こんな調子じゃ死ぬまで独身だと思うが、都合のいいことだ。今の身軽な生き方であれば、好き勝手に生きて好き勝手に死ねる。経験の数で言えば、他人の倍ぐらいはもう生きた。大昔、親父が病気になった時、子供が小さいからあと十年はどうしても死ねんと言ったそうだが、俺はいつだってにっこり微笑んで死ねるだろう。

人波に溺れて沈む痩せ移民浮き上がる日を待つ波の下

◉2月9日

今朝早く、この街でもさすがに聞いたことのないような強盗事件が起きた。被害額は見当もつかんらしい。しかし、ここの強盗は夜ではなく真昼間に押し入るのだ。今回最低でも被害額は二、三億円にはなるだろうとの噂。警察と強盗がグルになっているから結局捕まらんだろうと、これももっぱらの噂だ。

夢ばかりぐつぐつ煮える鍋の中
やり繰りをやり繰りしつつやり繰りす
やり繰りはやり繰り出来ぬ人のもの

◉2月25日

先日買った原石を型削りして磨き始めた。あまり成績はよくない。損をしない程度にするのが精いっぱいだな。

こんな田舎でも、もう街中がカーニバルの気分だ。まだあと二日あるのにな。一月と二月は、この国の生産性は物凄く低いのではないかと思う。正月はほとんど遊びまわっている。二月はニ月でカーニバルがやって来る。この国ではすべてのサラリーマンは一か月の有給休暇を取れるが、だいたいその休暇をこの一、二月に集中して取るのだ。俺なんか一年中無給休暇である。

◉3月2日

日本を訪れたブラジル国会議員団の中に、テオフロ出身のルイス・レアルがいた。帰ってきた彼が日本の感想を語ったのを聞いた。いわく日本は素晴らしいけれど、我々には向いていない。なぜなら京都で鍵を置き忘れたが、東京に着いたら置き忘れた鍵が自分より先に宿に着いていた。こんなにキチンとした社会は住みにくい、だと！　議員先生にして社会秩序がしっかり維持されている国は住みにくいなどと言いやがる。そういう国にしていく仕事じゃないのか。

このところの暑さだが、腎臓の調子は悪くない。ざっと十八年ほどか、ずっと腎臓の具合が悪かった。毎日紅茶のような小便を垂れ、アンモニアの匂いが強烈だった。それが薬も飲まないのに、良くなってしまった。まあ原因は食事だろう。だが変わったことと言えば、竹の子の漬物の漬け汁にキュウリ、ナス、タマネギと野菜を何でも入れたものを、一日二回の食事中や夜中でも茶を飲みながらつまんでボリボリ食うようになったことぐらいだ。ほかに理由は見当たらないから、これがいいんだろう。

今まで何度もこれでいよいよだ。手術せないかん！ と思ったものだ。しなかった理由は第一に金が無い、第二は面倒臭い、第三は、言っちゃ悪いがこのあたりの医者は全く信用できないからである。田舎の医者の不器用な手でデタラメに切り刻まれたらたまらない。

さて、腎臓の調子もいいし、夜はルイスやラウたちと飲みに行くか。

不景気に夢がふくらむインフレで

◉4月8日

ようやく最高に凌ぎやすい季節になった。あくまで気候的に、であって、社会的には暑苦しく何とも言えない季節が続いている。しかし、誰と話しても、民衆というものは政治に関心がない。本質的なところを考えず、口先が上手くて現政権を激しく攻撃するだけの奴が良い政治家だと思われている。

だいたいこの国の奴らは、国民も政治家も経済全体における生産量と消費量のバランスを考えない。生産した物の耐久性などというものはさらに考えない。例えば自動車だが、もとより鉄の品質も悪いので、新車も一年でそろそろあちこちが腐食し始める。いくら高温多湿と言っても、日本と同じような気候なのだから呆れる。

農業にしてみても、こんなに広い国土を持ちながら生産力は自国の消費量に足らないのだ。肥料を与えず、採れるだけ採る略奪農業、そのまま放置する土地が痩せ過ぎなのだ。

二十年以前から工業化の旗を頻りに振っていたのに、いまだに外国に売れる工業製品はない。ある人が言った。国は会社ではないから借金で潰れることはない、と。最後にはない物はないと開き直るのが実に得意な人たちなのだ。

◉4月10日

ブラジルでは今、どうも暗い話題しか聞こえてこない。自動車の売り上げが四割減った、テレビが売れない、操業短縮、何割首切り、高給取りを辞めさせ、給料の安い人間を入れよう。この高給取り云々は生産費を抑えインフレを抑えようという政府の言い出したことだから面白い。高級取りはみんな公務員なのだ！

飯時になると俺の家にやってくる猫がいる。遠くの方で肉の切れ端を投げてくれるのを待っている。ひとつ飼いならしてやろうと思い立った。なかなか思うようにならなかったが、一年近くかけてようやく手から食うようになった。それでもなかなか油断のない仕草だ。肉がなければ近くにも寄って来ない。今だに半分ノラ猫、半分飼い猫だ。腹が減った時は俺のご機嫌を取るような、いや威嚇するような恰好で近づく。一メートルほどまで近づくと、クワッと怒った顔を見せてからおもむろに手のそばに来る。変なことをしたら噛みつくぞとでもいうのだろう。この野郎ひとに施しをもらうくせに生意気な、と笑ってしまう。

庭木に巣を作る鳩の一種がいる。先ほどそれがドサリと目の前に落ちてきた。塀の外から子供たちが立ち去って行く気配がする。きっとパチンコで撃ち落されたのだろう。包帯を巻いてやったり薬を塗ってやったりしたが、バタバタ暴れるばかりで遂に羽がダメになった。そのまま放すわけにも行かず、結局料理して食ってしまった。子供たちが獲物を探しに俺のところに来なかったのは、前にも一度同様の事があった時に、今回は渡すが鳥は俺の庭に巣をかけているんだから撃ち落してはならんときつく言い渡してあるからだ。この近辺で鳥が巣を作れる木があるのは、俺の庭しかないんである。

庭に来る一番可愛い鳥はベージャフロール、花にキスをするという意味だが、日本ではハチドリという。世界最小の鳥と言われているが、花の前で空中に静止して長い口ばしで蜜を吸い取る。一年中花が絶えないのが俺の庭だから、こいつらにとっても天国だ。

◉4月15日

空冷えて咳ひとつして人がゆく

庭の藤が伸びて蔓が木に巻きついていたが、巻きつかれた方の木が太くなって蔓が食い込んでしまった。来年は完全に木の中に包み込まれてしまうだろう。藤の下部を切り離し寄生木《やどりぎ》にしようと思う。

先日に引き続き、今度は二つばかり隣町の銀行に強盗が押し入ったとかで、街がざわついていた。こないだリオで捕まったギャングは一〇時間も警官隊と銃撃戦をしたらしい。女賊が二人、警官が三人死亡。男が三人逮捕された。そのうちの一人はテオフロで宝石店を襲った奴らのひとりであったとさ。面白いのはこいつらの犯行が会社組織のように運営されていたことだ。働いた稼ぎの一〇パーセントは仲間が逮捕された時の弁護費用としてプールする、何日働いたら何日休むと。世も末だ。

この国では一般市民の命が粗末に扱われ、捕まった強盗やら泥棒やらの人権が大事にされている。イギリスの郵便列車を襲ったあの有名な列車強盗ロナルド・ビッグスはブラジルに逃げ込んで、子供を作った。ブラジル人の親になると国外追放や、外国に引き渡しが出来なくなるのだそうだ。犯罪人に優しい国だ。

今日の夜中の十二時から明日の十二時まではキリスト受難の日とやらで、肉を食ってはいけないらしい。夫婦でも一切セックスしてはいけない。キリストが決めたわけじゃないだろう。不自由な話だ。明日はキリスト復活の日だが、結局ブラジル最大の休日と言えるだろう。つまり国全体が活動を止める日なのだ。

◉4月24日

列車強盗のロナルド・ビッグスがブラジルへ帰ってきた。拉致されてバルバドスに連れ去られていたが、ブラジル政府の抗議により送還されてきたのだ。ブラジル人の評価は、まったくアホなことをする、という組と、実に良いことをしたという組に真っ二つに分かれている。いずれにしても面白い連中だ。

◉4月29日

久しぶりに日本から手紙が来た。三年ぶりだ。相手は一年ぶりと書いている。何を言っているのやらだ。だいぶ耄碌したのかもしれん。おふくろではない。そう書いてきたのは姉さんなのだ。

おふくろは七十七歳だって。俺はもう八十を過ぎているかと思っていた。以外に若い。まことに申し訳ないが、おふくろさんの生きているうちに日本へ帰ることはないだろう。こんなことを手紙に書くわけにはいかない。この日記でお詫びをするしかない。母ちゃんごめん!

◉5月24日

朝から雨。降ったり止んだりで道はドロドロになった。ここテオフロ・オトニは人口十数万人、ミナス州でも大きな町だ。しかし恥ずかしいほどお粗末な道路しかない。国道が一本、州道が一本、これを除けば町にアスファルト舗装された道がない。しかもそこで毎日のように水道管が破裂する。

知人が言った。俺の町は道で魚が釣れると。

関係ないが先日の話を思い出した。魚が釣れる道のあたりの話だ。殺人を依頼された男が金を要求すると、依頼した男は義理の父親に借金を申し込みそれを小切手で受け取った。殺し屋は誰を殺るのかと訊ねると、依頼主はこの小切手の主だと答えた。そこで殺し屋が小切手の主のところに行き、かくかくしかじかと御注進したから大変だ。結局依頼した男は麻薬常習者で頭のおかしくなった男だったが、その後のある日、俺が町で友人とくつろいでいると、若い男がオーッ、ジャポネーズ、エヘへと近づいて来た。薄気味悪い男なので、知っている男かと友人に尋ねると、かの女房の親を殺そうとした奴だと言いうのでびっくりだった。普通に町をぶらついてやがる。

ぶらついていると言えば、、ブラジルの年金受給の条件は、働き始めた時から数えて何年かで受給できるとする形式だ。子どもの時からの使い走りでも、働けば労働年数になるので四十五歳ぐらいの年金生活者が結構いる。障害年金者の話では、杖を二年間使用して受給資格を取ったとたんにスタスタと歩き出した野郎や、精神を患っていると言って手続きに行ったら年金事務所の窓口の職員が彼の隣家の主の妹だったのでバレたが、シーッと口を手に当てて手続きを続行してもらい、無事（?）年金生活者になったとか、そんな話が山ほどある。まあその時の妹というのは俺の友人なんだが。

寒さ来て暑さうらんだ夏を恋い

◉6月19日

晴れ、日本晴れだ。いやブラジル晴れと言わねばならぬ。雲ひとつない青空はさすがに美しい。公害のない所に住めるというのは、それだけで幸せというものだ。ブラジルも近頃は公害問題が喧しい。なかでもひどいのは河川の汚染である。田舎では下水はすべてそのまま川に流すのでどこでも川が汚い。自分の家の中さえキチンとしていれば文化人だと思っている。

◉6月23日

今日は一年で夜が一番長い日だ。暦の上では一番寒い日になっている。実際はそうとも言えない。しかし、今日は寒くなくても大きな焚火をして焼酎を飲んで、音だけやかましい花火を上げる。うるさいったらありゃしない。俺は昔花火でえらい目に遭ったので、この花火というやつには恐怖感がある。馬車に乗っていた時に、花火に驚いた馬が暴走して狂乱してしまい、死にそうになっちまったのだ。

しかしあと四日すればサン・ジョアンの日である。またまた焚火をして、熱くした焼酎を飲み、アコーディオンをブカブカ鳴らしてドタ靴で踊らなければならない。それで、また二九日は市が決めた休日だ。何で休日になったのか知らんが、市長が公布したのである。

以前この何日も続く田舎祭りの最後の日、友人と人混みを歩いていると、昔恋人がいることも知らずにプロポーズして返事をおあずけにされた娘とまた遭ったのだった。その後、彼女の恋人は何かのいざこざで殺されてしまったので、またお前どうか？　と友人に言われた。彼女の家族も俺が惚れていたことを知っているから、やたらと愛想がいい。だからって言って、今さらなあ。

変わり者俺と天気とこの地球

◉6月28日

花火の音を聞いていると、花火でえらい目にあった馬やらロバやらの記憶がよみがえる。

農業に使用する馬は体は大きくて力はあるが、長時間は働けない。ロバは粗食に耐え、長時間動けるが、体が小さくて力は弱い。そこでこの二種を交配してラバをつくる。ラバは馬より少し小さいが力があり粗食に耐え、耐久力もある。ラバどうしを交配しても子供は生まれない。そのラバ一代限りだ。子も作れないのにラバの雄は必ずわざわざ去勢される。去勢していない雄はまずいない。何故かというと、第一に暴れ者で、去勢しないとどうにも制御しがたいのだ。第二に発情が非常に強く、相手が雄雌に関係なく発情すると乗りかかり、時に相手を殺すことさえある。去勢されているラバでも、去勢していない馬よりも発情が強いのだ。

花の無い野に蜜蜂の羽濡れて家路は遠し春はなおさら
蜜好む蜂鳥の来て庭のすみ花ひとつあり濡れて静かに

◉7月7日

この町最大の企業、食肉処理会社が閉鎖されて三百人ほど従業員を解雇したそうだ。肉の値段が下がってしまい、一方高値で買った肉のストックが山ほどあって、どうにもならなくなったらしい。ブラジルは、以前からアルゼンチン、パラグアイ、ウルグアイよりも肉の値段は高かった、その上アルゼンチンがペソの切り下げをしてますますブラジルの肉が高値になってしまった。そしてそこへ持ってきて、消費者対策で政府が安いアルゼンチンの肉を買い付け国内に流通させるというので、どーんと値段が下がったのだ。肉業者は大変だ。

◉7月16日

日系二世の子供が生まれると、俺に名付け親の依頼が来る。日本語で語呂が良くて、ブラジル語で変な意味にならないよう配慮しなければならないのでなかなか容易なことではない。特に女の子は子、KOで終わってはいけない。Oで終わっては男の子と間違われるのだ。今回は男子なのだが、第一子はKiyoharu、次はKimie、第三子はKiyomori、次が今回生まれた子だがやはりkiyoを使ってくれという。なかなか良い音がない。ブラジル語の感触が問題なのだ。苦しんでいると、ついにKで始まればなんでもよいということになった。しかし、決めると日本語での意味を追及される。立派な意味を持った日本名を付けたいから俺に頼むのだ。実際、kagawaなどというとこの語はクソをするという意味になる。はて何とつけたら良いものか。

◉7月20日
あたりがひどい雷だ。日本では地震・雷・火事・親父と言うが、ここでは地震がないので雷から始まる。サンパウロなどは海岸から五、六〇キロしか離れていない標高七〇〇メートルほどの高原だから、海から吹き上がってくる雷雲が地表に近いところに位置して恐ろしいほど目の前に雷が落ちる。農場ではかなりのけちん坊なパトロンでも、雷が鳴ったら即座に仕事を止めさせ安全な場所に避難させる。
農場で働いていた頃のある日、雷鳴が聞こえて小屋に避難した直後、小屋の中は完全に乾燥した土であったが、裸足だったせいかピカッときた途端に膝のあたりまでビリビリっと来たことがある。しばらく体がしびれていた。あたりが濡れていたらオダブツだったかもしれない。また、町でも映画を見に行った帰りに町はずれの広場でピカッと同時にバリバリドシャン！　と目の前に落雷したことがある。翌日、まさにその場所にまた雷が落ちて一人死んだと聞いた。いずれもまったく紙一重で、危なかった。そういう土地柄である。

暇人《ひまじん》も苦労人もみな一度死す

◉7月22日
昨日もう夏が来るのかと思ったが、南部では霜のニュースだ。コーヒー園に被害が出たという。

これでコーヒーの国際価格が上がったとテレビが報じているから、相当な規模の霜だったのだろう。農業はいつも気が抜けない仕事だ。

花落ちて蝶々も消えて霧凍る

◉8月8日

ここ一週間ほど肉類を食わなかったので、牛の胃袋を一キロと鶏肉を一・五キロ買ってきた。毎日家に来る猫が最近は肉にありつけないのでガリガリに痩せている。俺の顔を見るとニャーニャーうるさい。今日からまた太るだろう。

今日は日本から来た客に俺の手料理を振舞った。うどんに鶏肉と白菜を炒めたものをぶっかけただけだけど。まあ野郎の料理はこんなもんだ。

◉9月19日

テレビのニュースで、ブラジルの中央部、ゴヤス、マットグロッソ、アマゾナスに入植した農業者が開拓のために森林を大々的に焼き払っていると報じている。その煙が広範囲に広がり、飛行機の航行に支障をきたしているそうだ。しかし一方、木材が不足して値が高騰している。灰にするとはなんとももったいない。今彼らがやっていることは、三十年ほど前にここミナスやサンパウロでやっていたことなのだ。そのためこの近辺では森林というものを見ることができない。あのやり方で様々な失敗があったが、ブラジルは広すぎるのか、このあたりの教訓は届くことがないようだ。

◉**9月21日**

四〇〇キロ先の鉱山から石を持って石屋が来た。少々上質のトルマリンの猫目になるように思える原石が買えた。カットしてみると、二色のトルマリンが三個採れた。プラケッタも取れた。プラケッタとは鉱石を輪切りにして断面を磨くと三色くらいの輪が浮き出てくるものだ。普通は真中が赤いので、「スイカ」と呼ばれる。外側は加工せず、原石のままでペンダントやブローチにするのだ。質の良いものがなかなか出ないのだが、今回のはとても上質だ。すぐ売れるだろう。なかなかいい目利きをした。

◉**9月22日**

ドイツ系四世の友人が、ナイショだぞと言って次のような話をした。家が泥棒に入られ警察に届けたが、何の手も打たん（当たり前だ。この程度のことで動いていたら警官が何人いたって足らん）。知り合いの刑事に相談すると、「近所にばれないようにブッ殺して、車で遠くの川まで運んで放り込んだ方が利口である」との返事だ。

恐ろしいことに知り合いの刑事に頼んで本当に実行する者もいるが、謝礼だなんだと金がかかる。

そこで女房を旅行に出し、近所には所用でベロ・オリゾンテに行くと触れ回って、ひそかに真っ暗な自宅に閉じこもった。
　はたして夜中の午前二時、泥棒がやって来た。窓から入ってきた瞬間、待ってましたと二連発の猟銃をぶっ放した。泥棒は命からがら逃げ去り、辺りは血だらけで壁には肉片が張り付いていた。家の周囲に張り巡らせてある有刺鉄線にはシャツやズボンの切れ端が引っかかっていて、ここにも血痕がぼたぼたと。まあそれで、周囲で誰か死んだとか大怪我をしたとかの噂がないかと待ち構えているんだが、まだ聞こえてこないということのようだ。もちろん死人が出たとしても自業自得、奴も黙って知らん顔だろう。

◉9月27日

　このところ毎日毎日、朝は曇っているが太陽が出ると消えてしまう。牛飼いはどこでも首を長くしてハラハラしながら雨を待つのだ。この時期、雨が来るその直前に牧草地の枯れ草を焼き払わねばならないからである。判断を誤って早々に周囲を焼き払ってしまい、その後に雨が降らない場合は牛の食うものが無くなって、やせ細ってしまう。焼き払った後の牧草地に雨が来ると、急速に草が伸びる。その折の緑はとても美しいものだ。

◉9月30日

一日猛烈な暑さ。夏が来るのだな。この国には春なんてないんである。雨が降らず、ほこりっぽい大地に春雨が降るとあっという間にもう真夏だ。雨も降らんのに木々の芽が出始めたから、まあ今は春なんだろう。

庭植えの藤が絡みついていた木が太くなって、とうとう蔓がはち切れてしまった。すぐ気づいたので上は挿し木、下は盆栽に仕立てる。しかし、もうとにかく暑い。蒸し風呂が健康に良いと聞いたので、まあありがたいもんだと無理矢理考えてみる。

◉10月1日

雨が降った。一転してなんだかうすら寒い。ぐるぐる日がわりで、俺の人生のような様相だ。

　庭の柿今年二度目の花が咲き
　涼しさや夜ゼミが鳴いて風が吹く
　蟬しぐれ夜半の月が揺れにけり

ブラジルでは蟬が鳴くのは春である。今がちょうどその時期だ。夜中に目が覚めると蟬の大合唱である。ジーンと大地が鳴っているようだ。蟬が鳴いている時期は、魚が産卵期に入る時期でもある。川や沼に網を入れれば普段の四、五倍の漁獲量だろう。

しかし蟬が鳴くのはたった十日か二十日の間で、その後はピタリと止まる。あとはほんの少々なんかの加減で遅れたのが鳴く。俺みたいに、出る時期や場所を間違える奴が蟬にもいるんだろう。

不景気の風に落ちたか柿の花
雨冷えて夜蟬の声の消えにけり

◉10月18日

ミナスの最北部ピラポーラとイクモンテで雹《ひょう》が三〇センチも積もったそうだ。農作物が全滅だとテレビで報道している。相変わらず天候は妙だ。

友人がレモンの苗を共同で植えようと言うので、苗を植える穴掘りを手伝いに行った。農業から離れて久しく、女性のように華奢になってしまった俺の手にはすぐにマメができた。真面目にやっていると、友人が「まだ農業をやる気があるんだな」とひやかす。なに俺は労働をしてるんじゃない。単に運動不足を補っているんである。

◉10月22日

夏になるとよく雨が降る。太陽は輝き木々の葉が茂り、光合成が活発になって空気が清々しくなり、犬や猫ばかりか、我々五十男でも若い娘と恋を語りたくなるのだ。最近ある娘が俺に向かって言った。「私のお尻はあまり大きくないけれど、プリンプリン振って歩くには十分だ」と。ブラジル女性のお尻は振るためにあるようで。

薄寒くコオロギ鳴いて日が暮れる春夏も無し大陸の雨

◉**11月11日**

今月は最低賃金が一気に四〇パーセントも上がる。最低賃金は五月と十一月の二回上がることになっている。インフレと賃金の上昇は、ニワトリが先か卵が先かの話みたいなもんだ。なすすべもない。

この町のことわざを一つ書いておこう。「太陽の出ない土曜日はなく、教会のミサがない日曜日はなく、横着者（二日酔いで）のいない月曜日はない」

◉**11月15日**

ベロ・オリゾンテではあまりに雨が降り過ぎて、家屋が崩壊したり浸水したという被害が出たようだ。しかしブラジル北東部では旱魃《かんばつ》がひどく、あたりは砂漠のような状態らしい。セアラ州の最大の保護森林は山火事に見舞われている。雨が降らなければどうにも手の打ちようがないようだ。

科学者が人工雨を降らすということになって、一部ではこれが成功して山火事は収まったというから本当ならブラジルの科学はたいしたもんだが、俺の見るところこいつは眉唾《まゆつば》ものだ。

以前にもこんな事があった。サンパウロ州で数日中に雨が降らないと畜産業者に多大な被害が出るということで、科学者の出番になった。めでたく雨が降り始めたので人工降雨の大成功と報道してみんな大喜びしたものだが、ところがこの雨、四日もブッ通しに降り続いたのだ。あちこちで今度は水害騒ぎに発展した。するとラジオ、新聞、テレビで一斉にこの雨は人工降雨とは関係ありませんと報道し始めたのだ。ブラジルの雨とは結局こんなもんである。

黒雲が来てから降らす人工雨

いつも家の前に置いてあるオンボロ自動車のドアが開けられて、中が引っ掻き回されているのを近所の人が見つけて外から大声で俺を呼び、そのまま近所の人間を呼び集めに行ってしまった。俺は起きて見たが、何てこたないとそのままドアを開けっ放しにして寝てしまった。押しかけて来た人々はドアがまだ開けっ放しなのを見てビックリ仰天してしまい、俺のことを口々に大声で呼ぶのだ。起きて行くと、なあんだ生きているのかと拍子抜けして帰って行った。ドアを開けっ放しなどという物騒な状態は、このあたりでは強盗だか何だかがあったと見なされるのだ。

◉11月20日

テオフロのバスターミナルにバスがずらりと並んでいる。どこかの道路が不通で立ち往生しているのだ。ひどいときには三、四日も足止めを食らう事がある。それが嫌なら何千キロも回り道をしなければならない。この国の道路事情ではこういうことはしょっちゅうだ。

癪《しゃく》な奴鼻づらを飛ぶハエひとつ
今日ひと日無事に過ぎたり茶の熱さ

新聞に次のような記事があった。いまや日本は世界第二の工業国、商業国である。ブラジル製品は日本製品に押されて手も足も出ない、と。そのため国産品保護目的で一五〇～二〇〇パーセントの高率関税をかけている。まあ国産と言ったってそのほとんどが外国からの進出企業だ。

花は春女は夏が見ものかな
超ビキニ胸にも尻にも夏が来る
アホ故にアホさ解らぬ我がアホウ休むに似たる事を考え
山の上なお山になる雲の峰

◉12月3日

庭の木にベンチビーという小鳥がやってきて可愛い声で鳴いている。この小鳥は木の枝から高く飛び上がり、そのたびにベンチビーと鳴くのだ。

テレビでリオが大きな水害に見舞われていると報道している。崖崩れ、家屋倒壊、浸水で五、六十人も死亡した。この不景気に家や財産を失ったり怪我をしたり、全く気の毒だ。

夢も捨て家財も捨てる大掃除

◉12月10日

夢を見た。幼い頃よく遊んだ栗山川の景色だ。

中学生の頃、栗山川の近くの古池で食用蛙を捕まえていたら、川の方をじっと見つめている男がいた。そばを通り過ぎようとしたら、この川はいつからこうなったのですか、と話しかけてきた。十二、三年前に護岸工事をしたらしいですよと言うと、男は川を見つめたまま、ここへ帰って来たのは二十五年ぶりです、と言った。

中学生には二十五年という年月の重みのようなものはまだわからなかったが、俺は日本を出て今年で二十五年だ。あの時の男の顔をおぼろげに思い出すと、考えていたことがわかるような気がする。俺もついに二十五年の月日の重みがわかるようになってしまったよ。だが俺には、あの時の男のように栗山川のほとりに立つことはできない。
今日は見知らぬ猫がよろよろと庭に入って来た。いつもいる猫と鉢合わせして、あわや喧嘩と思ったが様子がどうもおかしい。歳をとったものらしく、間もなく死んでしまった。たかが猫ではあるが、死に際を看取って、諸行無常を感じてしまった。すべての生き物が生まれて来た時から始まる運命だけれども。
まあ俺自身は自分でこの人生を選んだので、諸行無常もクソもない。焦って慌てることも何もない。

◉12月17日

現在の日本は世界一景気の良い国で、一方ブラジルは世界三大インフレ国だ。友達に聞かれる。日本にいた方がよかったのではないかと。しかし俺はいくら貧乏しようとも、このブラジル生活の方が俺にとってはよかったと思う。もし日本にいたら、今日まで生きてきた半分も、いや三分の一も人生の面白味はなかっただろう。実際ブラジルで貧乏するのは大して苦にもならないし、むしろ面白いことだらけだが、日本というのは貧乏したら目も当てられんことになる国だ。

◉12月18日

数日前から夜になると家の中でゴソゴソ音がしていたが、今日ようやく原因がわかった。大きなネズミが一匹いたのだ。なんと体長三〇センチ、尻尾の長さが四〇センチほどもある。いや正確に言うとネズミではない。ガンバという野生動物で、こいつがまた少々臭い。

もっともこのガンバはまだ子供であった。オーストラリアのカンガルーの親戚である。有袋類で、子供を腹の袋の中で育てる。捕まえて近くの川べりの雑草の中に放してきたが、部屋で見つけた時はやたらと大きいのでさすがにビックリした。

酔いが覚め真夏の夜空歳の暮
今も尚暑い正月ピンと来ず
炎天の岩に湧き出す水涼し水草の花風に吹かれて

夜空に星が煌めいている。雨の降らない夜は星が降る。日本では南十字星というと何ともロマンチックな感じがしたが、当たり前の話だが何の変哲もないただの星だ。人間は物の形に自分の空想を託すのが好きなようだ。

星が降る今日の夜空に来年も不況続くと我は占う
寝そべって畳に手足伸ばしたい異国の夢に汗か涙か

◉12月27日

夜、街の広場はいつもなら人でいっぱいなのに、今日は小雨がパラついたので閑散としている。もちろん俺の仲間は雨が降ろうが槍《やり》が降ろうが関係ない。みんな集まってきた。そのうち俺にそろそろ結婚したらどうかという話題が始まった。今ならまだ間に合うぞというわけだ。後学のために一度どんなものか知ってみるのも悪くないというのである。七十歳になるルイスが言いだすと、六十、五十、四十歳となる連中がそれぞれ大賛成である。みんなで考えようと話が決まった。ブラジルには「よく考えたら誰も結婚などしない」ということわざがある。こんなに大勢で考えたらどうなることか。

雨の庭朝《あした》に開く花しずか
雨宿り待ってよいやら悪いやら

◉12月31日

大晦日、何の変哲もない一日だ。希望はまた来年に託すのみだ。
今日もブラジルのインフレは政府発表で年一〇〇パーセントだということだが、実際はどうみてもそれを上回っている。政府の農業融資という制度、農業者に四五パーセントの利子で貸し付けるものだが、例えば一万クルゼイロ借りたとする。その時一〇〇ドルの価値だったとしよう。一年後に一万四五〇〇クルゼイロ返せばよい計算だ。しかしインフレで返済時には七〇ドル返せばよいことになる。また、農業融資で借りた金を全額、ポーパンサ（政府の保証した定期預金）に入れると、利子と価値修正というインフレ対策によって二万クルゼイロになるようになっている。何もせずに一年後には五五〇〇クルゼイロ儲かる仕組みだ。最近これが問題視され始めたようだ。当たり前である。

この歳になってまだ見る故郷《くに》の夢半年ずれて四季それぞれに
一雨の有り難さあり庭の花

1982年

◉1月2日

初春と言いたきけれどこの暑さコップのビールも汗を流して

近頃よく雨が降る。またまたテレビが水害を報じている。山が丸裸で木がないから、降ったら一度に流れ下る。毎度毎度川が溢れるのも無理はない。川岸の貧民窟はすべてが不法占拠の建物で、どんどん河川敷を埋めて川に押し出してくるから、川幅を狭める。当然水害の被害が大きくなる。また、山側では土台と軒先が接するほどの密度で上に向かって階段状に家々が建てられているので、土砂崩れが起こると十軒くらいは簡単にドミノ倒しで押し流される。これもまたいつもの事だ。

◉1月14日

リオデジャネイロに商談に行った帰り、バスが港の岸壁を通った。ふと見ると、停泊していた船の船首にブラジル丸と書かれている。なんと俺が二十五年前にやって来た時の船じゃないか。乗船した時、確かブラジル丸はまだ二回目の航海だった。船の寿命は三十年くらいだろうから、あのとき俺の乗船したやつだろう。お互いなんとか頑張ってるわけだ。懐かしさがこみ上げてきた。

◉1月17日

いやはや今日は命拾いした！　自動車事故を起こしたのだ。

凸凹道を走っていたら、牛が道に寝そべっていたので、なにげなくそれを避けたらあっという間に車が二回転したのである。もちろん車はメッタメタになったが、悪運が強いのか俺はかすり傷が三か所できただけだった。車をデングリ返しておいて好運も何もないが、日記になんとかこんな事を書いていられる、いや、実に運がいいのだ。これがツキの始まりかもしれん。

雨の具合で毎年三回くらいは俺の庭が湖になる。今日は早速今年の第一回になったが、雨の方は一日中土砂降りかと思ったら、すぐに持ち直してきた。まったくここでは一時間先の天気の予測がつかない。もちろんブラジルにも天気予報はある。しかし、日本の二十五倍以上もある国土を七つくらいに大雑把に区分けして出す天気予報は当たるも八卦当たらぬも八卦、適当すぎて役に立つものではない。

相変わらずあちこちで洪水のニュースだ。アマゾンの源流に近いペルーで数か所、ブラジルのペルナンブーコ州、ミナスではノーエバラ、パラナ州も北ミナスのサンフランシスコ河のあたり、トカンチンス河も溢れている。パラナ州の別の場所は四十日の日照りで米が被害を受けた。一方リオグランデ・ド・スールは長い間の旱魃《かんばつ》に悩まされて、とうとう昨日カトリックの神父が雨乞いのミサをやった。そして今日もまた新たに各地で大洪水が起きている。

切ってみて眺めてまた切る庭の木々
何時も来る小鳥のための枝残し

◉3月5日

このところ暇ができると司馬遼太郎の『世に棲む日々』と『竜馬がゆく』を交互に読んでいるのでなかなか日記を書く暇がない。没頭して、気がつくと朝の四時だ。

さっき水道の蛇口をひねったら、ドッと泥水が噴き出してきた。毎日あちこちの水道管が破れるので修理しているのだが、工事の時に毎回泥が入るのだ。だいたい週に二、三回はこうなる。これでも上水道かと呆れるが、我慢するしかない。泥水でも出ればまだ良い。三、四日断水したって相手はケロッとしている。しかしこの上水道を設置するときには、個人の井戸は半強制的に埋めさせられたのである。その理由は蚊がわくとか、飲料水として処理してないとかいかにももっともらしいことを並べたが、どんな水質であれ、水があれば何かと助かることが多いのに。

◉3月11日

家の近くにヴァケジャーダの競技場がある。ヴァケジャーダとは、牛（ヴァッカ）という言葉からきていて、馬に乗った男たちが、走って行く牛の尻尾を摑んで牛の前に駆け出す競技だ。牛はお尻が先になるのでひっくり返る。ただそれだけの競技だが、牛のひっくり返り方で点数が変わるのだ。この三日間、暑さと砂ぼこりにまみれた競技場は物凄い状況だったが、おおいに賑わった。

◉3月19日

今日のテレビのニュースを見ていて空恐ろしくなった。輸血問題を取り上げていたのだが、この国ではロクに血液検査もせずに採決した血液をどんどん輸血しているのだという。日本ではとうに通過した大問題である。なんということだ。

いやなことを忘れようと庭の手入れをした。茂り過ぎだ。今年もカタツムリが大発生した。増えすぎて家の中までのこのこやってくる。それだけならどうと言うこともないが、俺の大事な蘭の根を食べてしまうのが問題なのだ。今までは見回っていちいち取り除いていたが、ついに可愛らしい味方が現れた。小鳥である。見ていると、殻を壊して中身をどんどん食べている。初めて見る鳥だが、ここに餌が沢山ある事がわかれば、これからはちょくちょく来てくれることだろう。実に綺麗な鳥なので、その様子を覗いていると楽しくなって幸せだ。

　最近は家の中にも花が咲くようになった。庭の枝が伸びすぎて、先端がゆらりと家の中で咲き、屋根の上ではネムが赤い花を満開に咲かせて、風で屋根をこすっていつもざわめいている。近々枝おろしをしよう。庭が明るくなって、ここは林じゃなくて人が住んでいるんだと分かるようになるだろう！

◉4月7日

　しかしこの町の水道には腹が立つのを通り越してあきれ果てた。先週は三日間断水し、今週もう二日断水している。原因はみな近所の管が破れた、継ぎ目が離れたというものばかりだ。どこの家も自衛のため五〇〇リットルぐらいの水槽を備えている。修理工事が終わってもまたいずれどこかが破裂するのだ。キリがない。

　今日はテレビで最近の殺し屋と強盗のレポートをやっていた。バイシャータ・フルミネンセはリオの街の中でもあぶない地域だが、そこでレポーターが町行く人に質問をした。あなたは何度襲われましたか？　一回が一人、他の人はみな十回以上、中には二十回、五十回と答えた強者もいる。街の商店は全てごつい鉄格子を張っている。留置場というのを見たことはないが、まるでそこの中と外で商売しているかのような姿だ。襲われる方も恐ろしい。襲った強盗の顔を覚えたら、殺し屋に報復を頼むという。いくら支払うのか質問すると、好きなだけ、と答える。次に顔をスッポリ隠した殺し屋がインタビューに答えた。あなたは元ミナス州の警官であったそうですが、本当ですか？その通り、我々の仲間には元ミナス州の警官が多い。殺しを依頼されて金をいくら要求するのか。要求はしない。しかし、こころざしは貰う。他人を殺してどう思いますか？　楽しくてしかたがない。今までに何人殺しましたか。数えられない。三百人、いや五百人くらいかもしれない、と。そして殺し屋は胸を張って言った、俺は社会の掃除屋だ。恐れ入りました。

◉4月10日

テレビの話ばかりだが、俺の想像を超えることばかりなので仕方がない。今日放映されたのは、エスピリット・サントス州に大昔どこか北欧からの移民がやって来て、現在は六代目が生まれているという話である。その移民は今に至るまで頑なに外の世界と断絶して暮らしてきたので、五代目まで全くブラジル語を使えず、近くの街でも通訳が必要になる。六代目がようやくブラジルの学校に入って言葉を勉強しているという。州の首都ビトリアからわずか三〇キロくらいしか離れていない地域の話である。原因は宗教にあるらしい。

どうもブラジルというのは小さな地域でもそれぞれ独立しているような気分があるようで、たとえば当地には犯罪の処罰で「追放」という措置がある。田舎街の軽い処分で、泥棒、詐欺など大のしたことのない犯罪者を処罰するのに、「この町に戻って来ない」という条件で解放するのだ。当然の如くまた別の町で犯罪を犯して追放される。結局各地のたらい回しである。「江戸十里四方所払い」という時代劇でよくあるやつを彷彿《ほうふつ》とさせる。

●4月28日

友人が迎えに来てくれて、一緒にパボアン地方に行く。彼は牛を買いに行くのだが、牧場の地主の土地にムクリ川といういい川が流れているので、俺は魚を獲ろうと計画して同行した。見事な谷川で、轟々と流れる川の中に俺の手作りの網を六枚張った。作業中に二度川の中に滑り落ち、翌日また落ちたので、着替えがなくなって着たまま乾かす。網を揚げると、四キロぐらいもある雷魚が掛かっていた。川には他にピアウ、ベルメーリア、クリンバッタ、一〇〇キロにもなるスルビンなどがいる。他にピトウ、これは川の伊勢海老で、この辺りの岩場に沢山棲息しているとのことだ。俺はいつかこのピトウの養殖をやってみたいとかねがね思っているので、ここの地主と知り合いになったのはラッキーだ。しかしそのための銭はなかなか貯まらんわけだが。

●5月6日

町でトルマリンの猫目の赤い原石を買った。原石が一八カラット、型をつけて一一カラット、磨き上げて九カラット。あちこちから注文があっても原石がほとんど産出されない品種だから、これは少しは儲かるかな。

このところ友人から貰ったカピバラを美味く料理して食っている。ゆうに一〇〇キロを超す巨体だ。だいたい三〇キロぐらいの大きさのロンボ（背肉）が上質なものが多い。知人の娘が二人、カピバラの肉を食べた事がないので試食させろとやって来た。そして、これだけ上手に料理できればもう結婚しても困ることはないとぬかしやがった。

◉5月9日

今日は母の日であるとのことだ。何ともなし難い事をひそかに詫びる。人間どうにもならん時はどうにもならん。今の俺がそんな状態であって、下手な手紙も書くことができん。それでもいつか少しは面白い手紙でも書けるようになるだろう。そんな日の来るまで、親不孝も筆不精もどうか勘弁してもらいたい。

◉6月14日

日本の総理大臣、鈴木善幸さんが昨日ブラジルに到着した。大統領と午前中会談、午後は共にワールドカップのサッカーの試合、ソ連対ブラジルを観戦する。そのため商業・工業施設から学校からすべてお休みにする大統領令が下った。試合は二対一でブラジルの勝ち。もう全土がお祭りだ。これで今年の選挙は与党に票が流れるのだろう。

◉7月5日

今日はワールドカップでブラジル対イタリアの試合なので、街の商店などは十一時までしか営業しなかった。銀行も、学校も役所もだ！　ところがブラジルが負けたので、みんなションボリしている。こうなると代表監督はブラジルに帰れなくなるわけだ。以前の監督で、イギリスに亡命を求めた奴がいた。

友人が持って来たトルマリンの原石の中に水晶があった。水晶でこれだけ綺麗な目が出るのは珍しい。磨いてコレクションにしよう。

◉7月8日

今日知ったが、ブラジルの自動車は品質の良し悪しを別にすれば、世界で最も値段が安いそうだ。しかし、それでもブラジル人の生活水準では新車を買えるのはほんの一握りの人々だ。ではどうするか？　四十人、あるいは五十人という人数で金を出し合い、ローンで買う。それで毎月一人ずつ交代で車を使うのだ。なんとも面白い。では中古車はどうかというと、これがまた売れ行きが悪い。そこで薄利多売の反対で多利少売にして値段を吊り上げ、修理用の部品を値上げした。街中に自動車修理工場がいっぱいだ。

◉7月15日

この町には俺以外に一人日本人が住んでいる。日本の宝石店からの派遣社員だ。その給料というのがうらやましい。三〇〇〇ドルとか四〇〇〇ドルとか聞いた。こんな高給取りはこの町には他にいない。給料を闇ドルに替えるとさらに約三五パーセントの得になる。
その彼が、この頃元気がない。最近の宝石市場が不況で、品不足の上に高値なのでここから撤退することになったらしいのだ。今年一杯様子を見ようと引き延ばしたが、宝石の市況は先細りになる一方だ。彼の女房はブラジル人で、子供が二人いる。いまさら日本に引き揚げられないと言う。何か宝石関係以外でよい商売はないかね、と俺にまで聞くが、今まで超高給取りであった人間が会社を離れ自分の仕事で生活するのは大変な苦労だろう。無理な話だ。なにしろ、これまでの給料の四分の一でここでは超優雅な生活が出来ていたんだから。その給料を結局ジャカジャカ使って七年も暮らしてしまったのだ。同情する以外ない。

◉7月19日

トルマリンの猫目石を二十個磨きに出し、十五個ばかり型削りし、さらに二十個ほど型削りする準備をした。忙しくて飯を作るのも食うのも面倒臭い。俺はその時その時でカメレオンみたいに自分を変えて暮らすのが得意だが、金がある時は使える時が華と思ってあるだけ使う。無くなれば、熊と同じだが、冬眠ならぬ倒眠でじっとしている。今はその真ん中あたりか。

◉8月15日

友人が元コチア出身の青年の集会があるので出席したらどうかと誘ってくれた。リオデジャネイロには同じ船で日本から移民した奴がいるはずだ。二十五年ぶりに是非会いたいと、今日午前には集会所に着いたが、見たような顔は一人もいない。しばらくして、奴じゃあないかなと思う顔に会った。しかしこちらを見る相手の表情には何の変化もない。おそるおそる、ひょっとするとあんたは○○さんじゃないかね、と聞くと、そうですがアンタは誰ですかと怪訝そうだ。名乗るとみるみる表情が変わり、満面の笑みで、イヤー解らんかった！　二十五年ぶりだ無理もない！　と感激しきりだ。昔の顔を思い出して、お前は年を取らんなーと言うので、当たり前だ、まだ十七、八歳の娘っ子と恋をしてるんだから取りたくても取れんのだと言うと、大笑いになった。紹介してくれた人はみんな大きな子供さんがいて、もう錚々《そうそう》たる親父になっていた。びっくりである。

◉8月16日

今日もリオだ。沼田千葉県知事一行がガレオン空港に到着するのを出迎え、リオの千葉県人会で中華飯店に招待して昼食となった。県会議員の中に俺の母校・成東高校の四年先輩が二人いた。片貝と東金出身とのこと。みんな立派になってるんだな。一行はリオの観光をするとのこと、俺は失礼してミナスに帰る。

◉8月19日

アクアマリンを磨き終わった。今夜焼きを入れる。アクアマリンは熱を加えると石の色が美しさを増し、艶が出るのだ。といっても、どんな石でも焼けばいいわけではない。その石が内蔵している物質の化学反応を早めるという作業に過ぎないから、中身が大事だ。人間と同じで、誰でも学校に行けば頭が良くなるというわけではないのである。

二人のブラジル人とイタリア人がアメリカで逮捕された。宝石をアメリカに持ち込み、自動小銃と交換してブラジルに持ち込もうとしたのだ。その内の一人がこの町の男だ。彼の父親や義理の兄は俺の友人で、どうにも気の毒だ。こんな重罪ではなかなかブラジルには帰って来れないだろう。さらにこのニュースが流れた途端に一人の男が自殺した。彼は三千万円ほどの宝石をこの取引に提供していた協力者だった。

◉8月22日

ちょっと前に平和市に行った。特にどうということもない。ただ人がワンサカ集まってくるだけだ。しかし、この市は入場料を取るのがわからん。中で食う物も、飲む物も、買う物もよそより三、四割も高い。それでも誰も文句を言わんから「平和市」なのかもしれん。

それにしても物凄い人出だった。人間を見に行ったようだ。若い娘が七割を越す、しかも美人が多い。だから平和なのだ……ところがあとで知ったが、実はそれほど平和じゃなかった。青年が一人この市で行方不明になった。十二時までは中で見かけた人がいたのだが、三日後にエコ・ポ・ランガで死体となって発見された。頭を殴られ、刃物の傷五か所、拳銃の弾が五発撃ち込まれて。

◉9月6日

今日は少々大変なことになった。便所が詰まったので、直そうとしたらその先の下水も詰まっている。俺の家の下水は隣の家の下水と合流してその先へ流れているのだが、隣の方が敷地の位置が高く俺のところで詰まりやすい。合流をやめて表通りの下水に直結することにしたので、また金が出ていくことになった。ブラジルの工事はあきれるばかりである。ある市の市長が「川を止めてダムを造り、水をこの丘の上に引き街に給水する」と計画した。技師が引力の法則に逆らうのは無理ですと答えると、市会議員に「その法則は連邦のか、あるいは市法か？　市法なら明日中に即刻廃止にせよ」と激昂したとか。

しかし雨季の入りばなにこうも激しい雷雨とは、下水も詰まるってことか。だがこれならば今年は豊作型の天候だろうと思う。

◉9月10日

昔宝石の仕事をしていたという男に会った。今はニ〇〇町歩の土地で農業をしているそうだ。今年は政府の農業融資を受けるのをやめると言う。なぜと聞くと、無肥料でも勝手に作付けしていればそこそこ儲かるが、融資を受けると、農業技師の指図を受けなければならない。指示に従って苦労をして収穫すると借金が残るのだと言う。農業技師は口先では知識をペラペラと喋るが、いざ農地で作物を見てもどうすればよいのかさっぱり技術を持たない人間が多いのだ。所詮学校で勉強しただけで、現場を知ろうとしない。

こちらでは白菜が結球することを知らない農家がよくバサバサのを売っているが、今日は結球していたので友人の分まで買って持っていったら、お礼に塩辛を貰った。美味い。

◉9月21日

近所にいた可愛い娘がしばらくベロ・オリゾンテに行っていたと思ったら、子供を連れて戻ってきた。日本からの進出企業の派遣社員との間に生まれた子らしい。近所中に日本人の子だ、日本人の子だとしか言わないで自慢して見せ歩いている。このあたりでプレイボーイでチョンガーで日本人なのは俺しかいない。しばらくしたら尾ひれのついた噂で冷やかしが回って来るに違いない。いやはや。

夜「どなべ」という名の店でフェイジョアーダを食べた。話によると、これは昔の奴隷の食物だったそうだ。安っぽいが高栄養のこの料理を奴隷に与えて厳しい使役に耐えさせたのだという。牛肉と豚肉、耳、足、鼻先、爪、あばら骨、何でもぶちこんで豆と煮たものだ。今ではブラジル料理の代表選手になっている。

◉10月3日

雨が降りそうで降らん。天然の植物というのは全くの話、うまく出来ている。自生の植物はこのややこしい気候の地で、少しぐらい暑くなっても我慢して芽を出さず、じっとして本当の良い時期が来るのを待っているが、他の地方から移植された植物はちょっと暑くなるとぐんぐん成長し、その後一旦ぐっと冷えたりした日に一気にグタッとなってしまう。

先日の夜、光線の加減で騙されることのないように注意を払って買った甲斐があって、上物のトルマリンの赤（ルビーライト）が開いてみると猫目だった。磨いて一二カラットになる特上品。原石を四万一〇〇〇クルゼイロスで買い、磨き賃五〇〇クルゼイロス、販売価格二三万クルゼイロス。まあこんなことはめったにないが。

◉10月11日

警察のあるサージェントがやってきた。投網の修理を頼まれていたのだ。土日と魚獲りに出かけるようだ。俺はサージェント以上の階級の警察官も何人か心安くしてもらっている。なにしろ俺のような外国人には、何かとタカリのような言いがかりをつけに下っ端警官がやってくるからだ。

友人が映画を見に行くというので、ついて行った。またこれが何ともつまらないポルノ映画。ブラジルでは政府が国産映画に援助金を出し、法令でどこの映画館も国産映画を上映する義務があるのだ。ところがその国産映画たるや、ほとんどがいわゆるエロ物なのだ。政府はエロ物映画を見る義務を国民に課したようなもんだ。アホらし！

◉**10月16日**

昨夜は夢のような光景を見た。そうだな、宮沢賢治のあの銀河鉄道に乗ったかのような感動。テオフロからゴベルナドールパラダレースへ行く間に広い湿地帯がある。縦横数十キロにわたるような広大な湿地帯だ。そこをバスで通過したのだが、まさに蛍の海だった。俺はあんなにすばらしい蛍の乱舞を見たことがない。バスの周りは、地面と言わず、空中と言わず、ピカピカ、ピカピカ、スイスイ、スイスイと光が交錯する。たしかにこれは海だ。蛍の海だった。いや、海から飛び出し、宇宙を飛ぶバスのようだった。

◉**10月24日**

朝になると目が覚めるから起きるけれども、起きてみたところで今日も何もすることがない。暇な人生である。これでゼニがあれば人生も面白くなるだろうに。

もうすぐ選挙だ。人口一、二万の田舎町の選挙は実に面白い。近くのパポンという町、産業は牛飼いだけ。政府与党が断然強いのだが、今回その与党が二つに割れた。一方が演説会を打つと、他方が牛を三、四十頭もつぶして焼肉大会を無料で開き、市民を集めてしまう。逆の場合もまた然り。時々は、殺しもある。今回もパポンで一人。アタレイアで二人、マラカシェッタで一人死んだ。国境に近い町では、勝手に外国の住民に投票権を与える所もあるんだから、デタラメである。俺の町に住んでいるパポンの大地主が二人いるが、選挙期間は何があるかわからんと怖がって自分の農場に行けず、この町でじっとしている。

バスの切符が売り切れになっている。これも選挙の影響なのだ。ブラジルでは選挙は権利ではなく義務である。従って棄権すると後で裁判所へ理由を届け出なければならない。怠れば罰金を払う。投票は自分の登録地で行うので、都会から田舎へ帰る人々でバスの切符は手に入れにくくなるわけだ。

◉10月29日

今日は日本から宝石商のコミッション（調査団）が来た。大人数でやってきてなにやら騒々しく、大名行列のようだ。

◉11月7日

このところ腎臓の調子がすこぶる悪い。まあ今日までどうにか生きて来たんだ。これからも何とかなるだろう。

ブラジルの病院は、前金を払わないと受け付けてくれない。もちろん保険制度はある。しかし保険では病院の経営がうまくゆかないので、良い待遇は望めない。しかし俺にとってひとつ良いことは、病院はどこも日本人には扱いが親切である。親日的な理由は俺は知らんが、ありがたいことだ。

◉**11月19日**

年間の労働についてメモを書いておこう。まず一月は多くの人が有給休暇を取る月だ。二月はカーニバル、祭りそのものは四日間だが十日ほど前から準備と高揚した気分で仕事をしない。四月はセマーナ・サンタ（聖週間）で三、四日は休み。六月はサッカーのワールドカップで気もそぞろ、八月頃からは選挙の準備、十月から選挙の開票が終わるまでまるでダメ。十二月はクリスマス、そしてまた正月へと続くのである。働く間がないのがこの国の人々である。

◉**11月23日**

リオグランデ・ド・スールでは洪水により大きな被害が出ている。しかしこちらでは、猛烈な暑さ、いやもう熱さと表現するのがふさわしいようだ。北ミナスではどこも雨が降らず、作物の中で一番乾燥に強いトウモロコシですら駄目になったのだ。あとは推して知るべし。牧場主は頭を抱えている。

◉**11月29日**

先日買ったトルマリンのルビーライトは七カラット取れた。しかし色が濃すぎて暗く、見栄えがしないので焼きを入れる。ルビーライトは焼くのが難しい石だ。先週一度焼いたが変化せず、五〇〇度で焼いて少し変わり、五五〇度で焼いてピンクになった。焼き過ぎると色が抜けて大損になるので、このあたりで良しとする。

◉12月1日

日本から鉱山の写真を撮りたいという人が来た。鉱山を案内してくれと頼まれたので、バイヤ州のジアケトというアクアマリンの出る鉱山に案内した。朝二時に出発、往復八〇〇キロの行程だ。しかし例によって道路があまりにもひどい。この二人の日本人青年は、何かの雑誌に載せる写真を撮りに来たそうである。鉱山には偶然むかし俺の仕事をしていたガリンペイロ《宝石採掘人》がいたので好都合だった。凸凹道の行程を俺のオンボロ車が無事走り通してくれたのもありがたい事だった。三人でフェジョアーダを食って別れたが、近頃俺が見かける日本からの若者には珍しく、上品で嫌みのない好青年たちであった。仕事の成功を祈る。

◉12月28日

今年の年末は何となく寂しい。いつもの年末のような慌ただしさがなく、街全体が不景気な顔をしている。先日政府はＩＭＦに救済を申し入れた。ブラジルの年間総輸出額の約四倍にも及ぶ大借金である。この国はどうなってしまうのか、もう見当もつかん。テレビではこの年末に石油製品の値上げを報じている。今年はＩＭＦに救済を申し入れたため、来年のインフレ率を規制されたので、今年中のインフレ率に換算されるよう急いで予定を入れたのだ。近頃は日本からの進出企業も引き揚げて行きつつあるという。

◉12月31日

友人二人の家族と来年にかけて旅行をする予定を立てた。ブラジルの南部へ向かってみようと思う。リオデジャネイロ↓サンパウロ↓パラナ↓サンタ・カタリーナ↓リオグランデ・ド・スールと車二台でまわる予定だ。今日は二十六時間走り通して、モーテルに泊まったが九人分のベッドがなく、俺は車の中で寝ることになった。一九八二年よさようなら！

1983年

◉1月4日

旅は続き、ラジェアードを通った。ここはアメジストの産地である。そこからソレダーデへ、ここは瑪瑙《めのう》が出る静かな町。静かなのは元々そうなのか、正月だからかはわからん。金があってゆっくり住むのに良いのか、あるいは退屈で死にそうになる町か。ともかくそこからようやくわが町へ。

この旅の間に、小雨降る山の中でぬかるみにはまって車が一回転し、崖にフロントを引っかけ、サイドブレーキを掛けたまま走り、レストランに財布を忘れて七〇キロも引き返すなどあったが、まあなんとか無事帰った。

◉1月17日

近頃の町の話題は、この国の世界最大の借金とメルセデス・ベンツのトラック工場の二九〇〇人の一斉解雇のことばかりだ。日系の会社も何社か潰れたという話である。農業国であったブラジルを二十数年前にいきなり工業国にするという政策で借金に借金を重ねてきたツケが今まわってきたのではないか。

◉2月8日

二日にサンパウロで洪水のニュースを流していたが、今日は我が身となった。豪雨で、街の通りは川のように流れている。川岸がえぐられ、そのあたりの道路は崩れて半分になってしまった。近頃はこの町も降れば洪水となり、止むと泥沼と化し、乾くと埃が舞い上がるところになってしまった。そして町の話題はいつも政府の責任であるということに集約されていく。

今日は三〇パーセントの貨幣切り下げだ。輸出奨励のためだそうだ。しかし、輸入部品を使っていた生産物は高値になるし、いずれにしろ蜂の巣を突ついたような騒ぎである。

不景気も借金も踊るカーニバル
借金は国に背負わせカーニバル

◉3月6日

暑い一日であった。川に水浴びにでも行きたいところだが。この辺では自殺行為なのである。川にはジストモーゼという寄生虫がいて、こいつが皮膚から体内に入り込むのだ。これは日本で言うジストマかな。去年俺も魚獲りに行って水の中に入ったら、膝から下が物凄く痒くなったので医者に行くと、ジストモーゼだと言われて薬を飲んだ。半年後にもう一度飲むといいと言われているのでそろそろ飲まねばならん。

一輪の庭のつつじに蜂すずめ

◉3月10日

隣家に住んでいる男が年金生活に入った。精神を病んでいるとして。これがまた驚くことに真っ赤な嘘である。芝居で大騒ぎして病院に入れられ治療を受け、病院の診断書を貰うのだ。これで審査が通り、受給者になるとまた普段の生活に戻るのだ。普通の神経を持った人間には真似が出来ないことだが、そんな手を平気で使うこと自体が精神を病んでいるということだろうか。

◉4月1日

今日はキリスト教の謝肉祭だ。肉を食わない日だ。当たり前だが、そこで魚が売れる。魚の値段が高騰するというわけだ。もちろん俺は魚というものは自分で獲って食うものだと思っているので、何の関係もない。実際のところ、現在のキリスト教ではこの日に肉を食うことを禁じてはいないのだが、永い間の習慣は簡単には変わらないということだ。魚は獣ではないということで魚を食う日になっているわけだが、この国では単に生活のアクセントのような感じだ。

◉4月5日

ついにやられた！　午後一時に家を出て四時に帰宅したら、そのほんの数時間の間に、家中めちゃくちゃに荒されていたのだ。何を盗まれたのかじっくり調べたが、新品の背広上下、靴一足（これも新品！）、拳銃が一丁。俺の家には泥棒が入らないのが不思議だとずっと言われていたが、ついにやられちまった。それも真昼間に！　腹が立って収まらない。

夜、テレビのニュースを見ていると、サンパウロのサントアマーで昨日に続いて暴動が起きたと報道している。失業者の群れがスーパーマーケットを襲い略奪しているそうだ。だんだんこの国はにっちもさっちも行かなくなっている。

◉4月19日

ブラジルの不景気を証明するような現象が俺の家で起きた。以前から餌をねだりに来ていた野良猫、絶対に俺の手の届く所までは来なかったのだが、今日になって初めて向こうから体を擦り付けゴロゴロと喉を鳴らしやがる。こいつは近づくと歯をむき出して威嚇して逃げる奴で、俺の家で四年もタダ飯を食いながらも慣れることがなかったが、こいつも余程よそで餌をもらえず辛い日々が続いていたのだろう。

一九五七年に俺がブラジルに着いた時、五円が一クルゼイロだった。今、一円は二クルゼイロスである。と、そう聞いてふーんと思ってはいけない。この間に政府は貨幣価値の〇を三個切り捨てたのだから。二十六年間で円に対して通貨が一万分の一の価値になってしまった国に俺は暮らしているのだ。インフレが激しいので最低賃金を半年毎に修正するようになってからもうだいぶ経つ。この五月にも二万三千から三万四千クルゼイロスに上げた。

◉5月5日

またまた車を修理に出さないといかん。予期せぬところで支出があって泣きッ面に蜂というところだ。修理屋に出したら、ガソリンタンクを外して取りつける時にソードを噛みこんだまま締め付けたのでぶっ壊れてしまったようだ。部品を取り換えたら取り換えたで質が悪くてうんともすんとも言わない。まったくこの国の自動車業界には呆れて物も言えん！

◉5月15日

アクアマリンのインクルージョンが沢山あって猫目になる石に放射線を当てると、さらに綺麗になる。今日は三〇〇〇カラットを型造りした。あと二五〇〇カラットやらねばならん。楽しみだ。

午後は鉱山から石屋が原石を売りに来た。トルマリン・ルビーライト。猫目用だ。今やこのあたりは貴重品だ。磨いて九カラットにはなるだろう。大きな石の方は二五カラット取れると見立て、十万クルゼイロスで買う。どうなるかはわからない。この仕事は簡単に言うと、ただのバクチだ。

◉5月21日

午後は友人の家に逃げ出した。なんでかと言うと、近所の連中がガヤガヤと勝手に俺の家に来て寛いでいやがるのだ。時間も都合も考えずに毎日のようにやって来る。礼儀もへちまもない。いちいち相手をしていたら何もできない。家の中をガタガタと勝手にうろうろしやがる。その上、子供たちは庭にある水晶なんかを勝手に集めて持っていってしまう。角が立たないようなうまい対処法はないかねえ。

◉6月17日

左官屋を入れて、トイレ付きのシャワールームを作っている。今まであったトイレはこれも修理して使う予定。ペチカとまでは行かんが、暖炉も作っている。このあたりの気候では防寒用としては必要でもないので、焼肉・焼鳥パーティがこいつで出来るようにした。雨が降って遊びに行く所がない時に使いたい。気長に作ろう。

ニュースの時間に知識人の対談があった。経済評論家、銀行の頭取、大学教授とかのメンバーだ。話題はＩＭＦから金を借りるにはどうしたらよいか、貸してもらえなくなったらどうなるか、そんな話ばかりである。どうしたらこれまでの借金八〇〇億ドルを少しずつでも返済できるようになるか、これまでのやり方のどこが悪かったのか、改革を心がけようとか、そんな話をする人間が一人もいない。やれやれである。

◉6月26日

友人が来てサン・ジョン祭りに行こうと言う。車で出かけたはいいが、乾燥した田舎道を走るので、前も後ろも物凄いほこりが舞う。窓を閉めてもどんどん入ってくるので、諦めて途中で引き返した。

少し離れた所に住んでいる地主が殺されたとの報道。悪徳地主として有名な奴だったが、昔はさらに悪辣なことをしていたのだろう、殺しもやっていたとの噂もあった。このあたりのお祭では篝《かがり》火《び》を焚き、それを囲んで音ばかりパンパン鳴る花火を打ち鳴らすが、その音に紛れて犯行が行われたらしい。篝火が焚かれると同時にそいつの家に火を放ち、人が飛び出すのを狙いすまして銃をぶっ放したのだ。犯行の跡には百数十発の薬莢《やっきょう》が落ちていたというから、戦争のような話である。

◉6月30日

今まで最低給与の二十倍から三十倍もの給料を貰っていた公団の職員が、ＩＭＦからの勧告で給与を下げられることになった。そうしたら今度はそいつら街頭でデモをやり、「市民の理解と協力を！」だとさ。友人が「ふざけるな！　公団職員の高給がインフレを増長して来た一因なんだ」と怒っていたが、よくわかる。ブラジルには日本のボーナスにあたる十三か月目の給与が法令で義務づけられている。これを法令で義務とするのはおかしいと主張する上院議員が現れた。しかし政府系の公団はなんと十七か月目の給与まであるのだ。これらを修正せよと言う。もっともだ。会社が儲かろうと儲かるまいとボーナスを義務付けられてはたまらん。

◉7月3日

町の広場で友人に会ったら、そいつが彼の土地で鉱石を掘ると言う。俺も二、三人のガリンペイロを連れて掘らせてもらう約束をした。アクアマリンの出る地帯なのだ。が、必ず出るとは限らない。だから俺たちは「山師」なのだ。

その後でレストランに行くと満員だったので、スタンドでちょっと立ち飲みしていたら、隣のテーブルで何か揉め始めて、ビール瓶が飛ぶわコップが割れるわテーブルがひっくり返るわの大喧嘩がおっ始まった。拳銃でも持ち出されたら危なくて仕方ないので逃げ出したが、これ幸いと支払いせずスタコラ帰ってしまった客がいっぱいだ。こんなところで喧嘩する奴も奴だが、金を誤魔化す奴も奴。

帰宅して、完成した暖炉に火を入れるとチョロチョロと燃える炎に心が和む。何もかも電化された世の中にこういうのを見ると楽しいものだ。俺が本当にやりたい事は豊かな土地に木を植えたり、池を造って魚を飼ったりすることだが、今はこのペチカ程度で我慢せにゃならん。

チロチロと燃えるペチカにふり返るいろり囲んだ少年の冬

◉8月23日

トパーズとアクアマリンのいい原石を手に入れた。アクアの方は明日磨きに出そう。底を平らにして磨くと反射光が石の目の強さを倍に見せるのだが、その事実に誰も気がついていないらしい。トパーズの方は電気窯で二五〇〇度前後で焼くのだが、石によって焼ける時間が違うので細かい調整に手間がかかる。

今日はサンパウロの知人から注文が入った。彼は質の良い高価な物を注文してくるのでありがたい。

◉8月24日

トパーズ九〇〇カラット（八十六個）、アクアマリン一〇〇〇カラット（四十個）を磨きに出した。

先日出した水晶も帰って来た。これは一個で一〇〇〇カラット、宝石商のショウウィンドウ用だ。この類はあと三個作ろう。

今日も暖炉の火で温まる。日本ではブラジルで暖炉を作って温まっているなんて言ったら笑うだろうな。

◉8月26日

今日はポーパンサに少し金を入れた。ポーパンサとは、政府運営の定期預金だ。民間の預金はインフレ率が上がっても何の保証もなく、どんどん価値が下がる。しかしポーパンサはインフレ分の金額補正を政府が保証しているのだ。これがある程度貯まったら公団住宅の支払いを一括で払ってしまおうと思っている。好き勝手にいじっているが、今住んでいる俺の家は公団住宅なのである。

こいつを払い終われば自分の所有になるから、田舎の土地と交換して悠々自適の生活に入れる。しかもそこで職業を農業と届け出れば社会的な地位が上がる。今は石を扱ってはいるが、なんたって公的には無職の状態なのだから。しかしながら現在の月々の支払額は二五〇〇クルゼイロスだから、日本円にすると千円に満たない。まあ急ぐこともないか。入居当時は、うろ覚えだが総額六十万円くらいだったかな。現在の支払い残高は十五万円ほどだろう。この国の公団住宅は二十五年間払えばあとは切り捨てで住民の所有になるというシステムだから面白い。

◉8月30日

夜、広場を友人と歩いていると、ふらふら走ってきた車のタイヤからネジが全部はずれて、タイヤがぽろりと取れて止まった。降りてきたのは知り合いの女だ。道路に落ちていたネジをみんなで探し、取り付けてやるとまた颯爽と走り去った。ここの女性の運転はみな荒っぽい。タイヤをひとつ落としても一〇〇メートルぐらいは平気で走るんだから恐れ入る。ネジくらい何個かなくても平気だ。

◉9月1日

バイヤ州の州都サルバドールから七十キロほどの所で貨車が脱線して転覆したとのこと。ガソリンと重油を運んでいたようだが、驚いたことに近所の住民がタンクから流れ出るガソリンをバケツや缶で自分の家に運び込んでいる最中に爆発し、七十人程の死傷者が出たらしい。ガソリンがちょっとのことで爆発することも知らないのだから困ったものだ。おまけに誰も住民を避難させなかったのが不思議な話である。

注文してあった大理石のテーブルが届いた。直径一・二メートル。見事だ。次は炊事場にもっと大きいのをあつらえよう。

◉9月23日

友人からライフル銃を買った。こいつは三二口径だ。カービン銃の二二口径も先日買った。一応スポーツ用だが、ブラジルでは家の内に銃を必要とする国なのだ。使うのではなく、こうやって備えてあるんだぞと見せるためである。

今日、来客にシュラスコ（日本でいう焼鳥だ）を振舞った時、ナスの漬物を出した。日本人のM君が食べるのは当然だが、味噌が入っているのにブラジル人が美味い美味いとパクパク食べるので驚いた。ブラジル人は、味噌だけはダメというのが普通なのである。

◉10月11日

朝六時半、友人に迎えに来てもらい、彼の土地へ魚獲りに行く。ムクリ川に網を張った。ブラジルでは特に名も知られない川だが、利根川より長さも水量もある。険しい谷川で危険なことこの上もないが、魚は沢山いる。特に珍しいのはピトウという淡水の伊勢海老という風情の大きなエビで、これが美味いことこの上ない。今日は以前から惚れ込んでいた場所に網が張れた。

カヌーを操り網を回収してくると、ピトウを含め見事な魚が入っている。雨が降り出したので早めに撤収。帰宅したら俺特製のタレに漬け込み干物にするのだ。宵闇が迫るとセミの声と水音が何とも言えない心地良さである。ここではガサガサした世間を忘れる。三日月が薄く照らしだす自然は見事な眺めだ。世の中は物があまり見えない方が美しい。

岩と水激しく競う音のみの幾星霜を月は照らして

◉10月20日

帰宅したら泥棒にやられていたのだが、奴は盗品のタイヤを売りに出していた。こっちが思った通りの犯人だった。刑事に会ってこの件の始末を頼んだ。と言っても捕まえる訳ではない。ちょっと脅して犯人だとバレている事を気づかせるだけだ。バレていないと思うと何回でも盗みに来るからである。むろん盗品は戻させる。

しかし、神様というのは見ているものだ。ブタ箱から出てきたある泥棒が、次の泥棒仕事のために刃物とねじ回しを持って歩いていたら、雷が彼の上に落ちて死んでしまったというニュース。しかし泥棒は強盗にもなるので始末が悪い。昨日は泥棒を追いかけたら拳銃で撃たれて一人死んだという。

そんな話に続いて、テレビではインフレの話をしている。食料品の値上がりが激しいという。農産物の値上がりが一番ひどい。中でもトウモロコシは五〇〇パーセントの値上がりだ。ブラジル人はみんな田舎から都会に出て行く傾向がある。そして、田舎に人間を引き戻そうとして、農村では労働者がさほど働かなくてもいいように労働法が改正されたり、行きあたりばったりの新法がどんどん制定される。働きの悪い労働者を解雇しようとしては訴えられ、土地を売却しなければ退職金が払えなくなるまで追い詰められ、農業をやめてしまう農場主は珍しくない。また農業に必要な農機具は国産品でも非常に高価で、おまけに国産品はすぐに壊れる。これでは農産物が安値で食えるわけがない。

◉11月7日

朝早く友人がやって来て、昼近くまで話し込んで行った。彼は移民二世だが、これまでの仕事がうまく行かず、宝石の仕事に就きたいのでそのノウハウを教えてくれと言う。しかし一口に宝石の仕事と言っても様々だ。掘り出すための資金を出す経営者、実際に掘り出す鉱夫、出た鉱石を買い歩く買い付け人、石をカットする者、磨く者、完成した品を売買する者。この複雑怪奇な業界をただ闇雲に教えろと言われても難しい。日本から石を買い付けに来る人間は金を持っているから、どうも石の仕事はなんとなく儲かるものだと思っているらしい。

取引先からの小切手が不渡りになって戻ってきた。追いかけて電話があり、ちょっとした手違いがあったので一週間遅れると言う。しかし今日でもう一七日。怪しいものだ。腹が立ってくる。別の日本人からの送金も、約束の日から一五日も遅れている。まったく……。

◉11月23日

コンセイソン・ダ・バーラに海の家を借りた。ここテオフロから三三〇キロ離れた海岸だ。来年の正月から一五日間の約束である。楽しみで仕方がない。こいつを楽しみに年内はがんばるか。

夜、プラッサで知人の弁護士に会ったら、明日女性二人と約束したので一人紹介するから必ず来いよと言う。まったくブラジルは女性の豊富な所だね。彼の女房は物凄い女で、彼の浮気現場に拳銃を持って乗り込んできたのである。たまたま女がその場から出かけていたので事なきを得たというのに、その後も浮気をしては俺に報告するのだ。今回の女性はどちらも亭主持ちだというんだから、まったくブラジル万歳か？

◉11月27日

長い間待ち続けた蘭の花が咲いた。十月に庭の水やりをしている時、滅多に咲かない蘭につぼみがあるのを見つけたのだ。この種類は水が無くとも枯れはしない。腐葉土の湿った土地で日当たりの良い場所を好む。岩山にこびりついている事が多いが、そういう場所では花を見ることは少ない。一度沼地で咲いているのを見たが、そのゴージャスなこと夢のようだった。株は一メートルほども伸び、花芯が竹竿を立てたようで、二メートル以上もあったか。花芯に枝が次々に出て真っ赤な花が鈴なりに咲いていた。その蘭が今回三本も咲いた。俺の蘭は赤ではなく黄色い花を付けている。友人の話では、赤、白、黄色の三色があるとのことだ。いやはやとにかく幸せだ。庭には他にも大木がある。はっきりしないが、ネムの木だろう。マメ科の木なのでアカシヤと藤を別々に接ぎ木してみた。上手くいくと面白いんだがなあ！

◉**12月15日**

今年も終わろうとしている。自分の土地で宝石の鉱山の採掘を始めようと計画を練っていた例の友人が早朝やって来て、いろいろ話して行った。いよいよ着手の段階に入ったのだ。これからは少し銭が必要になる。この件は以前やった鉱山より必要な経費が多い。鉱山を掘り始める時は、だいたい費用を負担する者と石を掘る者が出た鉱石を半分ずつ分け合うという話になる。しかし今回はトンネル式なので、その担当ガリンペイロ《宝石採掘人》には日給を払うことになる。まあ俺の産出物の権利は減る。本来の地主分が二〇パーセント、ガリンペイロは一日二〇〇〇クルゼイロスと産出品の一〇パーセント。土を運ぶ人足一人日給一五〇〇クルゼイロス（普通十五、六歳の少年の仕事で産出物の権利はない）。残る七〇パーセントが俺と友人の分になる。俺の見るところ、一か月の全必要経費は二〇万クルゼイロスだから、一人一〇万ずつ負担する。来年の事を言うと何とかが笑うが、来年の七、八月から先が楽しみだ。

◉**12月24日**

今夜はどこもかしこも自宅でクリスマスパーティーのようだ。俺はといえば一人でコンセイソン・ダ・バーラで買った魚類を燻製にした。いろいろ工夫して料理するのは実に楽しい。テレビを見ながら貯めてあったエビの燻製をつまんでいると、止まらなくなって大型のエビはみんな食ってしまった。ボラの卵にも手をつけた。ブラジルではそこらで売られているものに自分でちょっと手を加えればとんでもない贅沢ができる。大きなエビは一キロ一〇〇〇円、小さなエビは剥き身でキロ四〇〇円、スズキの大きなのが一四四〇〇円と言ったところだ。もっともブラジル一般の経済状況からみると、これは安いとも言えない。一ドルは九三〇クルゼイロス、最低賃金は五万三〇〇〇クルゼイロスに過ぎないのだ。政府によると今年のインフレ率は二六〇パーセントとからしいから年々凄い話になっている。商人は店に来た客に「今買わないと明日はまたとんでもなく値段が上がっていますよ」というのが決まり文句だ。決断して買ったら買ったで、この国の商品はいざ使おうとするとすぐ壊れる。なんとも救いようがない社会だ。

◉12月31日

とんでもない道をなんとか通り抜け、予定通り三三〇キロ離れた海水浴場に到着。まずひと浴びするため海へ直行、そしてビールを一杯。今年は仕事がいろいろうまく行き始めた。来年どうなるかが楽しみだ。

1984年

◉1月14日

猛烈な暑さだ。日本ではうだるような暑さと言うが、ここでは焼けつくような暑さだ。こんな日に限ってまたまた断水というから全く頭にくる。サンパウロ三三度、リオデジャネイロ四三度、そしてここテオフロ・オトニが三四・五度。気温はおとなしめだが、日差しの力が凄い。ただここは太陽光線は強いが、陽が落ちると急に涼しくなるのがありがたい。ブラジル人などはこのぐらいだと夜は寒いと表現するほどだ。

夜、ビデオで『おしん』を見た。日本で大ヒットしたドラマだそうだが、俺もこれほど惹きつけられたテレビドラマはない。あまりにも素晴らしいので、サンパウロへ行く予定を一日伸ばしてシリーズの最後まで見てしまった。しかし、おしんでなくとも貧乏というものはありがだぐねえだべ。

このドラマを見ていると、俺も日本での暮らしで思い出す事が多々ある。

◉2月16日

今週に入って石が売れ出した。中級品ではあるが、実にありがたい。今テオフロ・オトニには日本から宝石商が大勢やって来る。先週二人、今週は六人、それにサンパウロの日本人宝石商が四人、来週も二人来る予定だそうだから、賑やかだ。午後は町でアメジストの原石を一キロほど買った。

友人と始めたオーロポッカの鉱山の仕事は、トンネルをぶち抜くのに一年はかかるだろう。一〇〇メートルほど掘り下げれば鉱脈に行き当たる。ここの鉱脈はトルマリンの猫目で色・質ともに良い物が出るはずだ。トンネル式の鉱山は初めて手掛けるが、それだけに期待も大きい。

夕方、明日サンパウロへ商品を持参するため揃えているところへ日本人宝石商が二人やって来た。これからではどうにもなりゃあしない。うどんの手料理をふるまってカンベンしてもらった。

◉2月25日

昨年から今年にかけて汽車の大事故が相次いでいる。脱線転覆だ。ガソリンやアルコールを輸送している貨車の事故が多い。今回は沿線の油送管からガソリンが漏れ出していたものが爆発し、そのあおりを受けたものらしい。しかも漏れた場所が貧民窟の下に埋設した場所だった。朝八時頃に臭いに気付いた住民が石油公団の製油所や警察に通報して精油所から人がやって来たにもかかわらず、夜中の十二時頃爆発が起こって今のところ死傷者の数も不明なのだ。ガソリン漏れが発見されてから十六時間も何の手も打てなかったということになる。呆れてものも言えない。

友人の車が盗まれたそうで、すぐに見つかったのはいいが、なんと盗んだ犯人はその車で二か所も強盗に入っていたそうだ。あちこち壊されてしまっていた。

今日はズボンを二本購入したのだが、隠しポケットを自分で付けた。この国では何事も自分で考えて自分の身を守らねばならない。

◉2月26日

カーニバルは三月三日から始まるのだが、もう今日から始まった地域がある。カーニバルで景気をつけて不景気を忘れようというのだ。この国らしいが、働かずに遊びまくって景気が良くなるものかね。

サンパウロから二人の日本人が来た。宝石の仕事で来たのだと言うが、カーニバル期間中だ。これればかりはどうにもならない。イヌやネコも呑んだくれて、踊って騒いでいるのだ。日本人にはさっぱりわからないだろう。彼らはここでの仕事は諦めてベロ・オリゾンテへ向かった。

◉3月1日

カタレイアのガリンペイロがスターと呼ばれる眼の出る水晶を持って来た。これはいまのところ売れるかどうかは判断できない石だが、全部買い取った。俺は珍品として今後人気が出るだろうと踏んでいる。こういうものは売れるとわかってからあわてて集めても、原石の値段が上がってどうしようもないのだ。二束三文のうちに買い集めるのが腕である。結局は丁半かける博奕のようなものなのだ。

◉3月8日

サンパウロから日本人母子が日本で宝石屋をやるのだという触れ込みで俺のところにやって来た。その宝石屋で売る商品を調達に来たそうなのだが、儲かる計画を滔々と喋りまくる。ミナスに来れば宝石はただ同然で買えると思っているらしい。それともフェイントをかけて俺の反応を観察しているのか。その原価で買えるなら、俺はもっと儲けられるよ。しかし同じ日本人として放っておくわけにも行かないので、買い付けの手伝いをしてやった。明日も付きあわなければならん。

◉3月21日

ブラジルと日本の男子バレーボールの試合があった。第二セットまで見たが、日本はまるで歯が立たない。体が違いすぎる。ブラジルの選手は背が高く、体重がある。腕も太い。打ち込む時のボールのスピードが違いすぎる。体格の違いを技術で埋めようという作戦しかないだろうが、それにしてもこんなに差があるとは。

◉3月28日

トルマリンの猫目石からとても良質なものが取れた。よしよし！　今日はどこの産だか不明だが、トパーズを九〇〇グラム買い、磨きに出した。ボンバルジアソン（放射能を当てる作業だ）のためトルマリン五〇〇グラムを送り、ついでに水晶はどうなるのか試しに少量依頼した。

近々、例の鉱山へ行ってみなければならない。もうかなり掘ったとのことだが、実際にこの目で確認しないとどうなっているかわからん。

◉4月3日

五年間も旱魃《かんばつ》で苦しんでいたブラジルの東北地方が今年は大雨、水害に苦しんでいる。なんとも極端な話だ。干上がっていたダムや貯水池が今度は濁流で流されてしまうのではないかと心配しているのだ。いや、小さな貯水池はすでにいくつもやられてしまった。

こちらはきれいな青空だ。夜になると、地平線すれすれの北東の空に北斗七星が頼りなく浮かんでいる。見える時刻は少しずつ変わるけれども、七、八月頃まで見える。

◉4月18日

この国の混乱は政治の世界も同様で、今度は野党が大統領選を直接選挙にしようと政府に圧力をかけて大集会やらデモやらをおっぱじめた。政府は戒厳令とまでは行かないが、それに似た法令を出したようだ。六十日間である。ガタガタして自由も民主主義も全部水の泡になりはしないか心配だ。

バクという動物は夢を食うという。夢を追いながらのほほんと生きる事をバク然と生きるというじゃないか。俺のような動物が他にもいるらしい。

◉5月3日

鉱山から戻った。今回雇ったガリンペイロは物凄く働き者だったので一安心した。正直者で、良い鉱石が出ても横流ししない働き者のガリンペイロなどというものはごく一握りなのだ。

山の方は、坑道を掘り進むと、昨日から土の質が変わってきた。カオリン層になってきたのだ。ということは宝石を含んだ鉱石が出る層に入ったのを意味する。この層を通り過ぎ、また次のローサ層に入ると所々に空洞が出てくる。この空洞に目指す鉱石があるはずなのだ。一度落盤して冷や汗をかいたが、丸太でもう一度枠組みして掘り進んでいる。

しかし帰って来てガレージを開けると、自転車の半分が無くなっていた。泥棒に入られたのは、四度めだ。あれだけ泥棒に入られなかった我が家ももうこのザマだ。昨夜も近所に泥棒が入った。旅をするとか留守にするなんてもう誰にも言えん。こっそり出て、こっそり帰って来なくてはならん。今日もミナス州のテレビニュースは受刑者の待遇改善を要求するストライキが行われていると報道しているが、泥棒たちより俺の待遇を改善してほしいもんだ。

陽に乾され水に漬けられ地球は回るおれの懐ゼニに干される。

◉5月19日

ブラジルはこれまで十年以上の歳月をかけて大きな水力発電所用のダムを各地で建設していた。そのためセメントの値段が上がりに上がっていたのだが、ダム工事が終わったら途端に値下がりだ。今はその頃の半値近くに下がっている。山を掘っている俺にとってはありがたいことだ。

トルマリンの猫目をカットして型削りをした。全部で九〇カラット。今日は以前ストックしていた水晶の猫目が売れた。商品価値のない頃にいずれはと見込んで仕入れていたものが当たったのだ。

とろとろといろり囲みし日を想う遠き異国に物思いつつ
峠道見下ろす里の夕霞遠ざかり行く白鷺の群れ
岩を噛み跳ね返されて水落ちるヤマ行く我の髪は乱れて

◉6月13日

長い間少量しか出ていなかったアクアマリンがメディーナとパドレ・パライゾの二か所で何百キロも出たそうだ。しかも鉱山は俺と同じトンネル式だ。俺の目当てはトルマリンだが、まあ夢だねえ。こんなに沢山でなくてもいい。ぜひ当てたいもんだ。

◉6月22日

牛乳組合員が騒いでいると聞いて見に行った。組合員の出荷した牛乳代が四か月分も支払われていないのだと言う。この町では数年前に南米一の粉ミルク工場を造ったばかりである。農場主たちは原乳価格をどんどん値上げしたので結局低所得者層の牛乳離れが加速して需要がしぼんでしまった。それにこいつは公営なので例によって理事たちの給料が高い。おまけに今度はそいつらが親族を重要ポストにつけ半ば私物化しようとする。何から何までダメなんだなあ。救いようがない。

◉7月13日

市場に野菜を買いに行った。一番野菜が豊富になる時期なのにたいした物がない。田舎に来ると農家は作物に興味もなく惰性で耕作しているのがわかるし、市場で販売する者もただガサガサと置いているだけだ。なぜもう少し考えて、品質別に分けるとか、見た目よく置くとかしないのか。まったくわからん。

◉7月15日

現在与党の大統領候補レースにアンドレアザ（元建設大臣）とマルフ（元サンパウロ州知事）の二

人が残っている。よくできた笑い話を聞いた。ある日マルフがアンドレアザの家を訪れて「あなたの家は素晴らしい」と褒めると、彼はグアナバラ湾の横断ブリッジを指さして、「あの建設費の一〇パーセントが俺のポケットに入ったのでね」と答えた。今度はアンドレアザがマルフの家を訪れて「君の家はもっと素晴らしい！」と褒めたたえると元知事が指さして、「あの高速道路を見てくれ」と答えた。アンドレアザが「何も見えんよ」と言うと、元知事は「そうだろう！　その建設費の一〇〇パーセントが俺のポケットに入ったのだ」とニッコリと微笑んだ、というもの。しかし笑えない真実を突いているよ。

◉7月22日

ゼ・フィレリの祭だ。昼間誰も人を見かけなかった広場が、夜になって人の渦だ。歩くことも満足にできない。どこから湧いてきたのか、よくもこんなに人がいるもんだと驚いたが、考えてみると。二十七年前ブラジルに来た頃は人口六〇〇〇万人と言われていたのに、今は一億二〇〇〇万人だそうだ。人口は倍に増え、その大半が都市に集中しているのだから、無理もないか。ゼ・フィレリはまあ十代の若者が集まるので、眼の保養になる。ブラジルは美人がやたら多いが、もう五十歳近くなると山の景色と同じで、眺めが良ければそれで良し。もっとも、眺めていれば向こうからやって来てしきりに誘惑する。別に遠慮することもないか。

◉8月2日

テレビでロサンゼルス・オリンピックのバレーボール試合を観る。日本対イタリア。最終セットはイタリア一二対日本六でもうダメかと諦めかけたが、逆転して一六対一四で日本が勝ったから会場が沸いている。おれも興奮した。女子は中国に三対〇で負けた。日本は柔道のメダルを獲得できていない。こんなに振るわないのはなぜだろう。生活が贅沢になり体がヤワになってしまったのだろうか。見ていて一つ言える事は、日本人のスポーツはなんともキレイであることだ。他の国は何でもガムシャラで荒っぽい試合をする。技というより力任せだ。力も技の内だが、見ていて面白くはない。

◉8月7日

相変わらず政界は大揺れだ。与党に大統領候補希望者が四人もいる。ガヤガヤやっていてもしかたがない、四人で話し合い統一候補を出そうという事になった。ところが大金持ちのマルフがどうしても話し合いに参加しないので、残りの二人がそれなら野党を応援すると言いだした。党はアンドレアを候補にしようと努力したがマルフに負けてしまった。負けた者たちは四分五裂に分かれてしまい、野党を応援する者、新党を立ち上げる者、収集のつかない状態だが、ともかく与党はマルフが大統領選の候補に決まった。

政界もメチャクチャだが、自然も荒れている。リオデジャネイロ、サンパウロ、ミナスの州境の国立公園で巨大な山火事が発生した。消防やら軍やらもどうにも手も足も出ず、ただ雨が降るのを待つのみ。おまけに、またミナス州のどこかで列車が脱線したらしい。

そんななか運転免許証の更新に行ったら、一日中かかるのかと思いきやなんと今回は二〇分ほどで終わったので驚いた。こういうところではブラジルも変わったもんだ。

◉8月21日

以前セアラ州からジャスミンの苗を買って来て植えたのだが、それが今朝初めて咲いた。たしかに話に聞く通り良い香りだ。庭ではアカシアも蕾をつけている。こちらも初めて咲くことになる。あとは藤が咲けば言うことなし。

スズメは庭で巣作りに懸命だ。春はスズメも忙しいらしい。やることがなくてボサっとしているのは俺ぐらいのもんか。スズメもチョンガーなら巣を作る必要がないだろう。そんなスズメも世の中にはいるかもな。

◉9月21日

鉱山からは何の便りもない。もうそろそろ何か出てくれ！　一月に掘り始めて、もう九月だ。鉱脈にたどり着いたのが一か月前。鉱脈の状態は素晴らしいのだ。一発ドカンと出てくれればな。まあ夢を見ているんだから人生が楽しいのだ。

キャッツアイの注文があったが、どこも不景気で品不足だ。掘り進んでいる鉱山の岩層は水晶・雲母などの混じった完全な鉱脈の中で、その状態は素晴らしい。期待が膨らむ。

◉10月1日

今年のブラジルは天候異変からか昆虫の大発生が起きている。バイアでコオロギと蝦蟇《がま》が大発生、マットグロッソでイナゴ、ミナスとサンパウロの州境でセミの大発生と続々だ。サンパウロのピラシカーバの町では蚊の異常大発生があったが、マラリヤ蚊ではないのがまだしもだ。ロンドニア州のアリケミスではマラリヤが猛威を振るい、開き直っているのか何なのか、町ではマラリヤの世界の首都なんていう表現をしている。

◉10月16日

調子が悪いが、病院には行きたくない。ブラジルの病院はまず金を払わないと入れてくれないが、こんな例がある。偶然交通事故に遭遇した男が、これは大変だと怪我人を病院へ運び込んだ。全くの他人だが金を要求され、その金がなかったので受け付けてもらえず、行きがかり上仕方がないのでそのまま救急病院へと向かう途中で怪我人が死んでしまった。すると、その男は加害者であろうと嫌疑がかかり、疑いが晴れるまで九十日もかかったというのだ。うっかり人助けもできないよ。

先日は看護婦が医師の指示を聞き間違えて子供にオレンジジュースを静脈注射してしまったなんて

事故も起きている。
関係ないが、この国ではだいたい天気予報なんてのも全くあてにならない。テレビでは今日ブラジルは全国的に雨ですと放送している。しかし俺の頭上はピーカンだ。アナウンサーが明日も一日中雨の予報ですと言ってニッコリと笑った。ブラジルがどんだけ広いかわかっているのかね。

◉11月11日

夕方、ヤマ《鉱山》に行っている友人から電話があった。石が出たらしい！　六〇〇グラムほどだが、どうも質が芳しくないそうだ。しかしながら出たということは嬉しい。
トルマリンのビコロールの大きいのを買った。石を見る眼がない職人の製品を安く買って、猫目石に造り変えるのだ。こいつは二〇カラットにはなる。他にトルマリンの原石二七カラットを買った。これも結構儲かるだろう。水晶にトルマリンが刺さっている原石はコレクション用に一二個購入。これは将来の値上がり待ち。

◉12月4日

町で騒動が起きた。警察に留置されていた銀行強盗の犯人四、五人が拉致されてリンチされ、殺されてしまったのだ。拉致した方の一人は四百年の懲役刑で刑務所に服役中のはずの男だそうだ。この国では百年以上の懲役刑が確定している者が山といる。そしてそれらの者が脱獄して町中をうろつき、さらに強盗を働くのだからややこしい。

◉12月27日

今年もインフレはひどいものだった。このところの状況を少し記録してみよう。

一一月九日	公定一ドル二六八〇クルゼイロス	闇一ドル三一〇〇クルゼイロス
一一月一四日	二六九八	三一四〇
一一月一九日	二七三八	三一三〇
一一月二一日	二七八一	三一七〇
一一月二二日	同	三二〇〇
一一月二三日	二九八一	三二一〇
一一月三〇日	二八八二	三二二〇
一二月四日	同	三三五〇
一二月五日	二九二一	三四七〇
一二月六日	同	三六〇〇
一二月一〇日	二九六五	三六五〇
一二月一一日	二九六五	三八〇〇
一二月一七日	三〇〇八	三七八〇

一二月二七日　　　三一〇八　　　三八〇〇

こんな具合だ。

◉12月28日

今年最後のサンパウロ行きだ。バスの駅に行くと、道の舗装が雨で流され、道路はいつ開通するのかわからないと言う。迂回路を取ると二五〇キロも遠回りになるが、仕方がない。テオフロ↓ポスト・ダ・マッタ（バイア州）↓ヴィトリア（エスピリット・サント州）↓リオデジャネイロ（リオ州）と四州を通って行くことになる。普通一二時間のところを一九時間だ。

◉12月31日

今年もついに往く。人生は来年こそ、来年こそはと過ぎて行くものなのだろう。親父が死んだのは五十一歳とかいっていたな。昔は数え年だから、四十九か五十歳だっただろう。今年俺は四十八歳になった。大器晩成とか言うけれど、どうやら大器でもなさそうだ。

1987年

◉1月19日

いやー驚いた。三月までに身分証明書を作り代えなければならないのだが、手続きは連邦警察で扱っている。町の警察署まで行ってみたら、なんと人口一五万のこの街に連邦警察署がないということを初めて知った。隣町まで行かねばならないらしい。いったいこの国の治安維持というのはどういう形になっているのかね。今まで知りもしなかった俺も俺だが。

◉1月20日

テレビではブラジルの人口問題を報道している。毎年三〇〇万人も増加しているそうだ。リオデジャネイロにある貧民窟の中で一番大きいところだけで住人は五〇万人いるが、このたぐいのスラムはリオデジャネイロだけでかなりの数あるのだ。ブラジル全体で低所得者の比率が増えているというから、ここに対策をしない限り貧民窟の住人が毎年数十万人も増えていくということになる。しかし、首都で言えばスイスのジュネーブの人口は一七万人しかないんだと。それぐらいの規模でないとこの国の政治経済じゃコントロールできないかもな。

画面が変わると、俺になんとなく似たリオデジャネイロの男が怒鳴っている。もう我慢できん！正月だと言って三か月遊び、ワールドカップだと言って三か月遊び、選挙だと言って三か月遊び、ブラジル人はいつ働くのだ！　働くことを考えろ！　と。いや、顔だけでなく、考えていることも俺に似ているよ。

◉1月22日

サンパウロはまたもや未曽有の大洪水とかで、一挙に死者が七十人近く出た。経済的に大変な国にこうも天災が続く。まさに弱り目に祟り目だ。リオデジャネイロとサンパウロの間の道路も例によって崖崩れのため不通になった。迂回すると数百キロは多く走らねばならん。

◉2月2日

電気、水道、電話、ガソリン等の政府系企業は軒並み六〇～一二〇パーセントの値上げを行なった。当たり前だがそれにつれて一般商品もジャンジャン値上げだ。しかしそれでもまだ政府はインフレ率を二五パーセントほどだと発表している。ヘッドライトが調達できず車が工場から出荷できないとか、ビール会社では栓が足りず生産できないとか、製薬会社ではビンがないとか、全てがちぐはぐでお寒い現状。それでも工業は一五、六パーセントの成長というのが政府の発表だ。農産物は命に直結するので売値の上限を規制されているので、生産者側はこのインフレ時代に死活問題だとこれもまた揉めている。

銀行の利子はもう年二〇〇パーセントを超えた。複利で月二〇数パーセントとか……ドルを持っていた者が売り始めたので、闇ドルのレートが下がり始めた。そんなこんなで、中央銀行総裁は先月辞任。

◉2月10日

去年八月に企業家が誘拐され殺害された事件があった。犯人が挙がったが、なんとある警察所長が首領で、その下で警察官が何人も働いていたとニュースが報じている。不景気なだけでなく、もう世の中何も信じられない殺伐とした空気だ。鉱山のガリンペイロも一人殺された。

◉4月21日

今月は中小企業の倒産が相次ぎ、社会問題となっている。政府がいきなりインフレゼロを宣言した。今まで月一〇数パーセント以上だった銀行利子が一・五パーセントにされたのだ。そこで我も我もと銀行から金を借りて起業したり、事業を拡張する者が相次いだ。笑いの止まらない企業家の姿がテレビの画面を賑わせた。ところが先日突然物価凍結政策が解除され、利子はインフレ率十一・五パーセント（月二〇数パーセント）と元の木阿弥だ。市民は物をピタリと買わなくなった。これでは借金で始まった企業に潰れるなという方が無理だ。俺も日本人との取引でまた不渡りを食わされた。

◉5月3日

ベロ・オリゾンテで偽医者が捕まった。なんとその医者の弁護士が偽弁護士で、五、六人芋づる式に逮捕された。この国で多いのは偽ドクターの他に偽外国人永住証、偽の自動車関係書類、偽運転免許証、偽身分証明書などなど、金さえ出せばいくらでも買えるそうだ。こうなったら自分で証明するしかないな。

◉5月27日

リオのバイシャーダ・フルミネンセは犯罪多発地帯だ。ほとんどの住民は年に三、四回強盗やら泥棒やらにやられた経験を持つ。そこで商店主たちは殺し屋を雇うのである。だいたい犯人の見当はついているのだ。殺し屋の大活躍が始まる。警察は殺し屋を躍起になって探すが、住民は捜査に全く協力しない。殺し屋どもに拍手喝采なのだ。仕置人だかなんだか、時代小説でも読んでいるような気分になってしまうよ。

昨日はオットンパレスホテルが強盗に襲われた。被害者は宿泊した外国人だが、金額はたいしたことはなかったようだ。サンパウロでは組織的な自動車泥棒が捕まった。三百台以上盗んでパラグアイやボリビアに売り飛ばしていたらしい。泥棒も今や産業だな。

◉6月3日

庭に住みついている三匹のトノサマガエルがいるのだが、もう冬籠りに入ったのかと思っていたら、今日は庭石の上にチョコンと乗っていた。俺が庭に出ていくと、餌をくれるのかと期待しているような表情なのだ。肉片を糸で吊るして目の前でブラブラさせると、飛びついて満足そうに食っているのがなかなか可愛い。時々飛びつくのに失敗して近くの水がめにボチャンと落ちると、あー失敗したわいととぼけた顔をするのだ。この不景気な世の中を生きていく俺を、カエルだけが家族として慰めてくれる。ありがとう。

子牛跳ね通せんぼする田舎道

◉6月10日

テレビでは政府が中小企業の救済案を発表したと報じている。低利で再融資するというのだが、中小企業の方は、こんな救済策では話にならんとデモを始めた。

続いて自動車メーカーが四〇パーセントの値上げを申請していると放送している。今新車が売れず困っているところなので、販売代理店の方は値上げ大反対の運動中である。しかし車の値段は税金のカタマリでもある。メーカーからの出荷価格が一四〇パーセント値上げされた時、政府の徴収する税金総額は四倍にも増加した。うまい話だ。

一年前に出された物価凍結令が解除されたので、家主たちが一斉に家賃を四倍から五倍に値上げし始めた。住居を借りていた者にしてみれば、一気に月給よりも家賃の方が高いという状況に追い込まれたのだ。今年に入って、サンパウロ市だけで裁判の末に一万四〇〇〇件もの強制退去が行われたそうだ。まったくこの国はやることが極端である。

◉6月15日

またまたニュースで面白いものを見た。ペルナンブーコ州の農場主が、トラクターを先頭に種々の農機具をかついだ連中を従え、そのうしろに牛の群れを連れて町に現われ、銀行の前で止まった。従えて来たもの全部を銀行の融資によって買ったので、こんな利子では返済不能だからモノで銀行に返却するとの主張だ。

融資を受けた時の利子は、政府のインフレゼロ対策に加え、北東ブラジルでは旱魃のため特別税制待遇地域になっていて、年三〜六パーセントだった。それがインフレ率加算で二四・五パーセントぐらいになり、その上旱魃で収穫物はどうしようもない。農場主は「借りた金を返さないとは言わない。借りた当時の条件を守れ！」と気炎を上げているようだ。さてどうなる事か。とにかく収穫もなく月二四パーセントを超す利子とは大変なことだろう。

政府はまた新しいインフレ対策法令を出すという。通貨の対ドル一〇パーセント下げ、四十五日間の再物価凍結。しかしこんな表面的な政策を打ち出してもどうなるもんでもない。もう商人たちは物価凍結を見越して先に四〜五〇パーセントほど値上げしてしまっている。そして凍結解除の日には言うだろう。凍結でひどい目にあった、さてまた上げさせてもらいましょうか！と。インフレ根治は至難の技だ。

病葉《わくらば》に似せて冬の蝶とまる
フクロウの声にせかれて昇る月

◉6月22日

物価凍結策による政府の公定価格が発表されたが、なんとスーパーの標示価格の方が安いという現象が起きた。物価凍結を見越して急いで値上げした値札に付け替えた額よりも政府の決めた値段が高かったのだ。もう何がなんだか。夜のニュースで物価凍結策についてどう思うかと道行く老人にインタビューしていた。「凍結したというが値段はみんな上がってしまった。政府はたくさんのマラジャ（超高給取り・公務員）をクビにしないとダメだ」と答えていた。まさに正論である。

サンパウロ州ではまたも貨物列車が脱線した。寒さで線路のレールにひびが入ったためと発表されているが、サンパウロでレールにひびが入る程の極寒が来るか？　それなら北海道では毎年大量の脱線事故が起きるに違いない。

◉6月28日

今年は蚊が異常発生だ。六・七・八月というのは一年で最も蚊の少ない季節なのに。これで夏場になったらどうなることか。しかも大発生しているのは黄熱病をなどを媒介するあのハマダラ蚊だから始末に悪い。蚊のニュースを心配していたら、別のニュースではリオのパッシャーダフルミネンセ（低地帯）では六か月で一二〇〇人が殺されたと報告している。蚊の大発生どころか、犯罪の大多発地帯を抱えているのがブラジルだ。

◉6月30日

政府は物価、給与などを凍結したのにバス料金の四九パーセント値上げを許可したのでリオでは市民が抗議デモをして三十台のバスを焼き討ちし破壊した。先日は大統領の乗ったバスが市民に囲まれ、壊されてちょっとした騒ぎになった。列車の遅延に怒って車両が焼き討ちされたことも一度や二度ではない。社会全体が荒廃して怒りに満ちているようだ。

◉7月27日

バリバリという音で目が覚めて急いでドアを開けると、目の前に黒人の男がぬっと立っていた。顔色を変えるでもなくスタスタと走って、さっと塀を越えて行ってしまった。我に返って回りを見ると、ドアの一部が壊されて、汚い靴が落ちている。なんのこたあない、朝から泥棒だ。もうこれで六回めだ。まあ今回はドアだけで済んだのでよしとするしかない。

友人が来て「サンパウロの明石屋が泥棒にやられた」とか「リベルダーデの日本人が金を持ち逃げされた」とか詳しく教えてくれた。先日はサンパウロで一日に二五件もの殺人事件が起き、サンパウロ新記録らしい。リオデジャネイロの記録はもっと凄いとのこと。いやはや。

昨日は観光バスの正面衝突が起きて六十人死んだ。ミナス州では史上最大の交通事故とか。サンパウロ州の刑務所では暴動が起き、囚人二九人と職員一人死亡。ペルナンブーコ州でもバス事故で三一人死亡。

◉8月12日

サンパウロの俺の取引先がこぞってある日本人にドルの取引で嵌められたそうだ。騙された方もみんな日本人。こう不景気では日本人もブラジル人も苦しいのだ。しか闇ドルの被害では訴えることもできない。泣き寝入りだ。

サンパウロといえば、ここの公務員で超高給取り連中の名前が公表されて騒ぎになっている。最低給与額の七十倍以上の人物一五〇〇人の名前が明るみに出た。最も高収入なのは三七〇倍にもなる額を取っている。公務員の給与を支払うために紙幣を増刷しているらしいとの噂も無理からぬことだ。ブラジル政府が放出する新紙幣、触るとインクが手につく粗悪品である。テレビの風刺家曰く「高級なインクだが、じゃんじゃん刷るから乾くまで待てないらしい」と。

リオデジャネイロの貧民窟では、今日までもう五日も銃撃戦が続いていた。二つの麻薬売買グループが対立闘争しているのだ。警察も手が出せん状況だったらしいが、警官隊が住民を避難させた上で自動小銃や手榴弾まで持ち出してようやく鎮圧したようだ。

リオ州は全体に犯罪多発地域である。州警察の長官が辞任して、新しい長官が就任すると、貧民窟に一六人の射殺死体が転がされ、その上に「新長官就任おめでとう」と書いた紙が置かれていたという。翌日さらに一二人の死体が追加されたと聞き、デマかと思っていたら、四日間で六十人を超したとニュースで報道している。こんな事件でも何日かすれば忘れ去られて、気にすることもなくなる。

◉9月4日

ブラジルは自力で濃縮ウランの製造技術を開発したと発表した。全世界に向け誇り高く声明したという。国民の目を不景気や政情不安から逸らさせ、ついでにナショナリズムを高揚させようというのだろう。しかし国内には稼働している原子力発電所などひとつもないのだ。十数年も前から二つ建設中ではあるが、片方は完成に近かったものの稼働してはすぐ何か起きて停止する。天然ウランは豊富にあるのだから、まあ良いことか。

農政改革大臣が飛行機事故で死亡した。空軍の飛行機が空中で爆発してカラジャス地方に落ちたそうだ。農地改革を主導する牧師が何人も死亡。何かあると思わざるを得ない。

◉9月11日

昨日はサンパウロで貨物列車同士が正面衝突した。しかし一方の貨物車には囚人護送車が繋がれていたので死者二名、負傷者一四名が出た。これが客車同士だったらと思うとゾッとする。ミナスでも鉄道事故が起きた。停車中の機関車に七十両も牽引した貨物列車がぶつかったとのこと。死亡二人。マットグロッソではバス事故で二十人死亡。交通というものの管理がこの国はもうできていないようだ。

交通と言えば、連邦政府の内務大臣が州知事官邸に出向いた折に交通渋滞に巻き込まれ、車を降りて歩いて行くことにしたが、官邸に着いても門衛が信用せず、何を言っても面会できなかったそうだ。作り話のような本当の話。

◉9月18日

久々にやってきたサンパウロは小雨模様で肌寒い。十三年ぶりにKさんに会ったが、あまりにも痩せていて驚いた。道で偶然出会っていても彼とはわからなかっただろう。日本へ出稼ぎに行くブラジル人を集めに来たのだと言う。労働力が余っていた日本が、今ではブラジルに人集めに来るようになったのか。聞くともう二、三千人ものブラジル人が日本に出稼ぎに行っているというから驚いた。世の中変われば変わるもんだ。三十年前には日本人がブラジルに来て、奴隷のようにこき使われ、今度はブラジル人が日本へこき使われに行くのかと思うと気が滅入る。まあ俺が行くわけじゃないが……。

◉9月15日

まったく不景気でヤルことがない。市場に行って肉と野菜を買ってきただけで、あとはサンパウロで仕入れた日本の時代小説を読んで一日を過ごす。あと何日かはこの本で暇つぶしできるな。慌てても始まらん。近頃の俺は何もする事のない時はイライラをグッとこらえて悠然と一日一日を過ごすという技を身につけてしまった。世の中なんてなるようにしかならん。

昨日はペルナンブーコ州のレシーフェで刑務所の暴動があり、囚人たちが人質を取って脱走した。同じ町では銀行強盗がやはり人質をとって逃走中！　人質レースだ。

風薫る昨日の雨に今日のセミ

◉10月3日

二、三日前にゴヤス州の病院が大きな鉛の塊を屑鉄屋に売った。泥棒が病院から盗み出して屑屋に売ったと後から訂正されたが、本当のところはわからんぞ。とにかく一トンもある巨大な塊だ。屑鉄屋がそれを壊すと、中身は放射線コバルト六〇を使う機械のスクラップだったのだ。二十人ほど被曝症状が出てからようやく判明したので重症者が多い。セシウム一三七だとも言われ始めた。肝心の放射性物質がどこへ行ったのかまだ行方不明なので市民は大騒ぎだ。被曝の反応は五十人近くに出たとのこと。

◉10月5日

大蔵大臣が野性動物肉の価格統制撤廃を発表した。ブラジルではもうほとんどの州で野性動物の狩猟は禁止されている。今日ミナス州でワニ、パッカなど野生動物の肉を運んでいたグループが森林警察官に捕まった。昔は勝手に獲っていたが。

庭の木が花を咲かせ、良い香りが家の中まで入って来る。この辺では良い香りの花が咲く木はみんなジャスミンと呼ばれる。俺も忙しくなった。庭に来る五種類ほどの小鳥に毎日餌を与え、三匹の蛙が住む水瓶に水を補給しなければならん。この水瓶は小鳥たちのプールでもある。

若葉萌えセミ啼きしだく十三夜（ブラジルのセミは夜も啼くのだ）

◉10月27日

昔の話を思い出した。野菜売りの男が俺の畑に野菜を仕入れに来て、代金はこれを売ってから明日払いに来ると言った。翌日その男はやって来るなり「昨日の売り上げはどうしても必要なことがあって使ってしまった、今日また仕入れたら明日の売り上げで全額支払う」と言う。今日貸さなければ借りは返せないと主張するわけだ。そして翌日も同じことを言った。さてさてたった今テレビで大蔵大臣が国の借金について同じ事を言っていたぞ。以前の借金を取り返したかったら、もっと貸せと外国に主張しているのだ。同じ手口だよ。

そしてまたまた政府は最低賃金を引き上げたようだ。そして公務員と軍人の給与は四〇パーセント以上も上げる。財源は紙幣の増刷だ。しかも公務員は税金を払う必要がない。自己防衛のため農民や商人は所得申告をしないか、できるだけごまかす方法を考える。あーあ。かくして国のふところは空っぽになり、紙幣を増刷する。インフレはますますひどくなる。終わりがない。

◉10月29日

サンパウロでまたまた貨物列車同士の正面衝突事故！　一五日にはペルナンブーコ州で列車同士の正面衝突があったばかりだぞ。一九日はブラジリアでアルコール輸送車が脱線したし、ミナス州ではまたバス事故で死者が多数出ている。二二日はリオグランデ州で貨物車の事故だ。湖を横切る鉄橋の入口がエレベーター式になっているのだが、エレベーターが上がっているのにその空洞のところへ飛び込んで行ったのだ。

追加。それで今日はバイア州でも貨物列車の正面衝突ということらしい。列車にもバスにも乗れやしない。

◉11月22日

年末から来年にかけて大変な不況になるだろうと人びとは口々に言うが、呑気な話だ。もう一日ごとにどんどん悪くなっているのだ。テレビのニュースは泥棒、強盗、誘拐、殺人、交通事故、軍隊の飛行機事故、ストライキ、インフレ、議員たちのお手盛り給料倍増問題だ。それでもこの国でみんなが生きていられるのは、みんながそれぞれに不真面目だからだ。リオの公営病院が買ったベッドの値段が普通の五倍の値段で購入されていたなどという汚職事件が報道されているが、小さい小さい。そうやって生きるのみなんだろう。

◉11月26日

ほらまた始まったぞ。ミナス州の議員たちは自分たちで給与を倍にしたばかりなのに、彼らの年末の経費のために一五〇〇万クルザードスを無利子・無価値修正で州銀行から借り入れることが出来るようにした。年間のインフレが四〇〇パーセントの国で無価値修正とはタダでゼニをくれてやるようなもんだ。統計局が今月のインフレ率は約一三パーセントと発表した。何もかも二〇〜三〇パーセント値上げしておいてまだそんな寝言を言っている。そして来月からまた最低賃金が上がる。最低賃金が倍になれば、超高給取りの賃金も倍になる計算なのだ。どんどん貧富の差は大きくなる。

夜一杯飲んでいると、トメー爺さんがやって来た。七十歳を越しているが、若い娘っ子によくモテる面白い爺さんだ。俺の友人は七十代が六、七人、六十代も同じほど、五十代は俺を入れて三人、四十代が七、八人といったところだろうか。このメンバーが毎晩のように広場に集まって政治、経済などについて口角泡を飛ばして口論する。この集まりはテオフロの町ではほとんどの人が知っていて「あんな爺ばかり毎日集まって何の話をしているのか、何が面白いのかね、よく話の種が尽きないな」といろんな場所で言われる。みんな真面目なだけなんだがな。

◉12月10日

パラナ州のロンドリーナで七人組の銀行強盗が入ったが一時は三百人もの人質を取って立てこもり周囲は大変な見物人だったとか。そして強盗団は宣言した。「俺たちは革命家であり強盗団ではない。金は盗ったのではない。接収したのだ」とさ。

政府は種々の農産物に補助金を出してきたが、財政赤字を減らすためにそれを撤廃すると発表したのでまた騒ぎが起きている。公団や国営企業の人件費による大赤字はそのままなのである。これでまず小麦、砂糖、アルコールが値上がりだ。国民は高いパンを食べ、苦いコーヒーを飲むことになる。アルコールは飲むのではない。自動車の燃料なのだ。ブラジルではアルコールで走る車を生産している。アルコールの値段はガソリンの六〇数パーセントと決められていて、自動的にガソリンも値上げとなる。
今日は市場で砂糖大根を五キロ買って来て漬物にした。やたらと美味いものができたようだ。

◉12月12日

今日はニクソン元米大統領の『第三次大戦は始まっている』という本を読んだ。ちょっと昔に読んだ「週刊文春」を再読して、古い本だが興味を持ったのだ。
ブラジルのような多民族国家に住んでいると、それぞれの民族の気質の違いがよく分かる。同一の条件で住んでいるから地理的条件での違いがない。同一言語で話しているから言葉のニュアンスの差異もない。そういう視点で読むと、逆に民族間の差異はニクソンの言うように埋めがたいものがあるという意見が正しく思える。しかし「文藝春秋」の方はざっと百冊以上は家に溜まってしまったな。

◉12月20日

俺も知っている奴なのだが、カルロス・シャーガスの町の大地主の一人娘と結婚して二年ほどで離婚した男がいる。大地主が死んで、遺産相続した娘に半分よこせと揉めていた。そいつが最近殺されてしまった。娘が相続したのは父親の遺産の十分の一だったので、彼は二十分の一を要求したわけだ。それでも七〇〇町歩に当たる。殺し屋はウジャウジャいる土地柄だし、確たる証拠がなければ何でも無罪になる。そして相手は大金持ちときては、まあ殺され損という事だな。あまり欲張るもんじゃない。

◉12月23日

今日はリオでとうとう客車同士の正面衝突だ。貨物列車ではないのでどうなることかと思うが、い、い、い、今のところ死亡二名、負傷者八十名との発表だ。

◉12月30日

ブラジリアのアウトドロモ（自動車レースサーキット）にF1レースの英雄ネルソン・ピケの名を取ってそう命名すると発表された。リオのジャカレパグアでもネルソン・ピケと名付けるという。ブラジルにはでは生存中の人物の名前を公共施設に付けてはならんという法律がある。しかし、ブラジリア首都知事は「この施設は首都のもので連邦所有ではないので連邦の法に縛られない。従ってネルソン・ピケと命名する」と主張している。さてどうなりますことか。こういうニュースは微笑ましくてまだほっとするよ。

この年末に一ドルが一二〇円になったそうだ。俺が日本を後にした頃は三六〇円だった。日本も強くなったものだ。感慨がある。騒々しく事件の多い今年もついに暮れてゆく。

1988年

◉1月1日

元旦の対ドル相場、公定七二・二五、ヤミが九四で始まる。今年はこいつを記録していくか。

庭の花が香水よりも高級な香りを放っている。友人たちは皆ジャスミンだと言うが、香りの良い花はみなジャスミンだと思っているようなので全く信用ならん。

正月早々のニュース。リオ・グランデ・ド・スール州の刑務所では囚人が署長を人質に逃走、二人死亡。リオ・デ・ジャネイロ州では強盗が子供を人質にして逃走したが、警官に撃たれて死亡。

今年もこんな感じか。

◉1月7日

ブラジルでは住宅公団が家を建て、国民に長期支払いで渡すのだが、二万四千クルザードス以上の収入がないと申し込めない。しかしこの金額は国の定めた最低給与の六倍半に当たるのだ。これ以下の人間は貧民窟に住めというのか。

いま銀行から金を借りると、利子とインフレ指数修正とで月に二二パーセントも取られる。へたな仕事のため融資をうけると、まともな仕事であっても逆に借金が膨れて首が回らなくなるというわけだ。

今日は玄関にアルコという木で作ったポルタ（扉）を付けた。この木は水に漬けたら沈むような固くて重い木で、そこらの斧では簡単に割れない。それに錠前を二つ取り付けた。とにかく泥棒に入られないように自己防衛しかない。

◉1月14日

ドル公定八〇・二一、闇九八・〇〇。

サンパウロでの宝石の商売はまあまあだった。司馬遼太郎と新田次郎の小説と「文藝春秋」など七冊購入して帰る。ブラジルで日本の本を入手するのはなかなか面倒だ。最低給与がいま七千円くらいだが、「文藝春秋」一冊が五八〇円にもなる。

ペルナンブーコ州、セアラ州は北東ブラジルの大旱魃地帯だが、海岸から一〇〇キロ程はいつもよく雨が降り、旱魃などは内陸での話だった。しかし昨年から全体に全く降らず、大騒ぎになっている。この一帯は見渡す限りのサトウキビ畑で、昔はそれを元手に幾多の財閥が勃興した地方だった。この地域はゾーナ・ダ・マッタ（森林地帯）と呼ばれていたが、現在は木など一本も生えていない。最初は森林を開墾してうまくいっていたが、そのツケが天候不順に回ってきているということだろう。昨年はバイア州のカカオ生産地が史上最悪の旱魃だった。

◉1月28日

ドル公定八二・二五、闇九八・〇〇。

今日のニュース。リオで列車の屋根に乗っていた男が落ちて一人死亡、一人が怪我をした。乱暴な運転に市民が怒って列車に火をつけ焼いてしまった。リオ・グランデでは市議会が市長を罷免しようとしたが、市長を支持する市会議員が銃を撃ちまくってこの議題をウヤムヤにしようとした。なるわけないだろう。

今月のインフレ率は、政府発表で一六・五九パーセント。経費節約のため官庁の公用車をまた売却するという。今までに何度もこれをやったのに、まだ売る車があるのが不思議だ。一方で官庁が新車を購入するという話を聞いたことがない。要は一方的な宣伝なんである。

◉2月1日

ブラジルの北東地方は有名な旱魃地帯だが、そのど真ん中にはサンフランシスコ河が流れている。今までこの水を利用して数代の大統領が灌漑設備を造り、流域を開発してきた。現大統領が就任したときは、自分の任期中にそれを一〇〇万町歩にするとぶち上げた。しかしその後、この話は一度も出てこない。あの日から三年になるが、ただの一町歩も完成していないらしい。

最近の首都ブラジリアではついに各国の大使館が泥棒に狙われ始めたようで、さすがに政府を慌てさせているそうだ。

◉2月2日

ドル公定八四・二四、闇一〇二・〇〇。

テレビの経済番組での評論家の意見。一、近くカーニバルが始まる。観光客が落とすドルが多くなる。二、大豆はブラジル南部の産物で、多くがウルグアイに密輸される。そのドルが入ってくる。三、ウルグアイでは国の総生産量の何倍ものコーヒーを輸出しているとも言われる。中身はブラジルからの密輸だが、そのドルが入ってくる。これらが闇ドルの値下がりの理由で、それが公然と語られるのがブラジルだ。

リオで大雨が降り、リオ始まって以来の大洪水。国道が土砂崩れで不通になり、州で九九人の死者が出た。ベロ・オリゾンテも洪水。ペトロポリスでは死者一五四人を越したとのこと。山襞に張り付いた別荘地帯がやられたようだ。

◉2月8日

ドル公定八二・五五、闇一〇六・〇〇。

ブラジル最高位のビスポ（神父）が、ブラジルはいま汚職が蔓延して……と発言して問題になった。政府はこういう発言に「汚職があるというなら証拠を出せ」と対抗してきたが、今回大統領が「汚職は何もブラジルだけではない。ローマ法王の膝元バチカンにもある」と言ってしまった。さあ大変。ビスポが「大統領はバチカンの汚職を指摘した。調査団を送ってそれを明らかにせよ」と逆襲したのだ。

◉2月11日

ドル公定八九・七二、闇一一一・〇〇、二月のインフレ率一七五パーセント。

いま議会で通りそうな妙な法案がある。これが通ると、泥棒、強盗などは現行犯以外逮捕できなくなるというのだ。そこで大統領がテレビで短い演説をした。「現在の法律ですら警察官は誰も強盗などを逮捕できていない。また、刑務所に送られるのは金のないものだけである事はみんな知っている。今ブラジルの法律は泥棒や強盗等を守るものばかりで、善良な市民を守るものでなくなってしまった」と。これを大統領が言わなければならないのがこの国だ。

◉2月17日

年が変わって、昨年よりさらにものすごい経済状況になってきた。夜のニュースによると、貸付け利息が月に三〇パーセントという水準に至っているらしい。年にして二三〇〇パーセントだとさ。

このところ強烈な日照りで、水瓶の水が干上がって二匹いたカエルがどこかに行ってしまっていたが、今日になって一匹帰ってきた。毎日水を入れて待っていた甲斐があったというものだ。庭にはスズメが一五、六羽、ロリンニョという小型の鳩が二、三羽、俺が餌を撒くのを待っている。でもあまり人に慣らしてはいけないのだ。近所の子供に食われてしまうのである。

◉2月21日

ドル公定九四・七一、闇一一八・〇〇。

リオはまたまた大雨が降って、被害が拡大している。三階建て（こちらでは一階を数えない。日本式に言えば四階建て）のビルが倒壊し、下敷きになった人々を救助している様子をテレビが生中継している。今回の洪水・土砂崩れなどで現在二七三人死亡、一万人以上の人が家を失った。

農村労働者の給与から一般商店の営業時間、営業日、果ては物価百般一切合切を決定する権限を持つ政府自体が、今どうしたらよいのかわからないという迷走状態だ。

◉2月26日

近所が騒がしいので外に出てみると、気が触れた娘が表で大騒ぎして、それを抑えようと走りまわる人間でごった返しているのだ。こんな時、俺のいいかげんなブラジル語はなかなか役に立つので、自分でも感心する。手首をつかんでいる俺に女は、「離せ！」と叫ぶが、「俺はお前が美人だから抱き付いているんだ」と言うと、何のこたあない「あっ、そうなの！」これで肩を組んでルンルンだ。娘の家族にはものすごい勢いでがなり立てて暴れるが、俺にはまともだ。家庭の事情が難しいのだろう。

結局病院に連れて行くことになったが、またこれが誰にもできない。俺に出番が回って来やがった。ウマいことを言って車に乗せたが、病院に入るのがまたひと悶着である。肩を組んでホイホイと歌など唄いながら入院だ。友人たちは、お前の恋人の頭がおかしくなって苦労しているように見えると笑う。娘が言う。「私が好きだと言ったら私と結婚する？」「するする、でも俺はお前の父親より年上だ。もし若ければ放っておくもんか」しばらく考えた娘は、「お前、もうインポテンツか？」ときた。「それそれ！　だからもうおしまいや」逃げる俺は、ついにインポテンツにされてしまった。

◉2月29日

ドル公定九八・四九、闇一二五・〇〇。

今日のニュース。リオ・グランデ・ノルテ州の公務員五万人のうち一万人が医師の証明書付きで休職中だそうだ。だいたい九九パーセントは偽の証明書とのこと。寄生虫だ。

今月のインフレ率は一七・九六パーセント。

◉**3月3日**

ドル公定一〇一・八六、闇一三五・〇〇。

今のブラジルはどこの州でも公務員が必要人員の二、三倍はいるという。連邦議員たちが選挙中に、当選した暁には就職を世話すると選挙民に約束し、議員の顔とコネで公務員にしてしまうのだ。今日のニュースはパライーバ州（人口約五〇〇万人）の話だが、以前は三万五千人の公務員が、選挙が終わってみると新しく約五万人増え、現在では八万人になっているという。

リオでまた客車同士の正面衝突が起きた。死者三人、負傷者八十人、続いてバスと乗用車の衝突で死者四人。これほど事故が起きても責任は誰も取らないし、問われることもない。

昨日、アメリカーナの街の劇場の落成式があった。百数十人のコーラス隊が舞台で国歌を歌い始めた途端、崩落して怪我人多数。見物していた市民たちは、あまりに綺麗に落下して行くので、これも舞台装置かと驚いてじっと見ていたという。

◉**3月14日**

ドル公定一〇八・〇〇、闇一四三・〇〇。

政府は公務員・公団公社員の給与をインフレ率をかけてどんどん上げていたのを当分中止すると

発表した。その後ブラジル銀行総裁が行員給与の四〇パーセント引き上げを許可した。当然問題になり、総裁の辞任で終わった。元締めの行状がこれである。

今年の気候は相変わらずおかしい。例年十月頃咲くアカシアがいま満開だし、六月頃咲くイッペーも満開になっている。

ペルナンブーコ州は今まで旱魃だったが、昨日二時間に一八〇ミリという豪雨が降り、濁流が街の石畳を剥がして流れ、家々を押し潰して押し流している。何もかもが極端だ。

◉4月4日

ドル公定一一三・〇〇、闇一五〇・〇〇。

今年は日本人のブラジル移民八十周年とかで、日本から花火師が来て日本以外では世界最大の花火大会が行われるとのことだ。

今年は銀行強盗が花盛りのようだ。今年に入ってもう全国で四〇〇件にもなり、そのうち半分がサンパウロで起きているとのニュース。セマーナ・サンタの連休中の交通事故の数は凄まじかったらしい。ニュースによるとミナス州だけで八十人死亡したとのこと。

今度は南マット・グロッソ州が未曾有の大洪水に見舞われているそうだ。いわゆるパンタナルという低地で、沼や川が縦横に入り組んだブラジル最大の牧牛地帯である。一九〇五年以来最大の洪水と伝えている。二〇万頭の子牛が溺死したと聞くが、さすがにこれは誇張ではないかと思う。

◉4月11日

ドル公定一二〇・七二、闇一五五・〇〇。

テレビでは日本の四国大橋が完成したと報道している。

大統領がサンパウロ州ジャージスの農畜産品評会に出席した折、日系コロニアの会長が大統領に俳句を進呈したそうだ。次の句である。

宰相の旅路の果ての初秋雨

大統領も詩人だそうで、意味を聞いて大変喜んだそうだ。ブラジル語にどう訳されたのかは知らん。俺にこれを訳させたら大統領はきっと嫌な顔をしただろう。国民の人気もない、国内外の政治経済もどうにもならん宰相の行く手はやがて秋となり、冬になる。国民はこの国がだんだん寒々しくなってはたまらんよ。

◉4月15日

ドル公定一二五・一五、闇一六四・〇〇。

夜のニュース。ブラジルの青少年の意識調査で歴史始まって以来の結果が出たという。現在の青年は自分の国を信用できなくなっている。こんな国は捨てて、外国へ出て行きたいと思っている青年があまりにも多いそうだ。二、三年前までは、それでもまだブラジルは世界一良い国だ、だから世界中から人が移住してくるのだと思う人が多かった。それが今はどうだ。この近くのゴベルナドール・パラダーレスは人口約二〇万人だったが、そのうち三万人がアメリカに出て行ってしまい、出稼ぎしている。人口比ブラジル一のアメリカ移住者の町として有名だ。この町の俺の数少ない友人の中でも、五、六人がもうアメリカへ行っている。

ブラジル政府の施策は裏目裏目に出ているようだ。以前最低給与は一年に一度、五月一日に改定されていた。一九六三年にジョン・ゴラール大統領が自分の就任祝いとして最低給与を倍にした。その頃からインフレがひどくなり、一九六四年に革命が起きた。数年後に最低給与の修正が年二回となった。ジルソン・フナロ大蔵大臣は物価凍結を断行し、インフレ率二〇パーセントごとに最低給与を修正する法令を出した。しかし物価凍結中にもかかわらず物価がどんどん上がり、ついに凍結令を解除したら毎月二〇パーセントを超すものすごいインフレとなり、給与の方も毎月修正される有様となった。最低給与が上がる時は高額所得者も同率で上がるのだから、貧富の差は当然大きくなる。次のブレッセル大臣がU・R・Pというシステムに替えた。これは俺にはよくわからん。しかし、やがて公団、国営企業の職員の給与支払い額が国家の総税収額に迫るようになったらしい。今や公務員は一般人に自分の収入額を喋ってはならんと箝口令《かんこうれい》が出ているような塩梅だ。

◉4月19日

ドル公定一二六・四〇、闇一六六・〇〇。

車の盗難がひどい。サンパウロ市だけで一日に二〇〇台以上もの車が盗まれ、ほとんどがパラグアイ、ボリビアに売られ、それがコカイン等の麻薬になってブラジルに帰ってくるという。一大暗黒貿易だ。

◉4月20日

ドル公定一二七・六二、闇一七〇・〇〇。

ある地主が一九八六年に銀行から一五〇万クルザードス借りた。今までに四〇〇〇万クルザードス返済したが、残額が五〇〇〇万クルザードス以上あり、和議倒産したそうだ。嘘のような話だが、いま月のインフレ率が二一パーセントぐらいだから、年にすると一一〇〇パーセントになる。そのとおりだ。恐ろしや！　恐ろしや！

今、国会議員の報酬は、一〇〇万クルザードスだそうだ。この国の規定された最低給与額は七〇〇〇クルザードスだ。そしてここが汚職天国である事は誰もが確信している。貧富の差はさらに拡がる。ブラジルの貨幣価値の下落は、一九五七年からこっちで一七三万分の一になってしまった。貨幣切り下げで、〇を三個ずつ二回も切り下げたのだ。

◉**4月26日**

ドル公定一三二・九九、闇一八〇・〇〇。

闇ドルが上がりすぎて公定との差が大きくなり過ぎている。警察が手入れを始めたら、ますます相場が上がってしまった。今までは時々手入れをすると相場が下がっていたのだが。今回は逆目に出たようだ。

議会が内国企業と外国企業の問題で揺れている。外国企業はブラジルの資源を海外に持ち去ってしまうという視野の狭い考えに凝り固まっているようだ。こちらは働かず、ブラジルのために慈善事業をしてくれる企業を見つけよう。そんな虫のいい話題で議会は明け暮れている。

◉**5月2日**

ドル公定一三八・五六、闇一八五・〇〇。

朝、日本にブラジル人労働者を斡旋している日本人の知人から電話があった。またサンパウロに来ているとのこと。しかし世の中変われば変わるものだ。日本では働き手が不足していて、かつてブラジルに移民してきた日本人を日本で働くよう勧誘する仕事だそうだ。今回六十人くらいを予定しているとのこと。

◉5月6日

ドル公定一四三・四九、闇一九四・〇〇。

議会で女性労働者は妊娠の前後一二〇日、その夫は八日間の有給休暇がとれるとの法令を決議した。企業家はこの法令を守れるのは政府か国営企業ぐらいのものだという。これでは結婚している女性を狙ったクビキリが増えるぞと予想しているが、俺もそう思う。

◉5月19日

ドル公定一五五・二四闇二一五・〇〇。

今日出た法令。収入がなく身寄りもない老人に、公定最低給与額の一・五倍の援助をするという。ブラジルには五、六人家族の世帯主でも最低給与レベルで働いている者が山といる。国会議員も最低給与では老人一人暮らすのもキツいとわかっているのだろうが、どこかおかしくないかい。

ベロ・オリゾンテでスーパーが主婦連と協定を結んだ。なんと、たった十日間の物価凍結である。笑うに笑えない話だ。それでもこれがテレビのニュースとなるご時世なのだ。

◉5月31日

ドル公定一六二・六九、闇二二八・〇〇。

今、国を挙げて土地の不法占拠が流行っている。スラムの住人がどんどんその辺の空き地に住み着いてしまうのだ。そのためリオでは不法占拠者と警察官との間で二時間もの銃撃戦があり、五、六人の怪我人が出たらしい。従来は不法でも二十年住んでいると住人の土地になるという法令があったのだが、今回新しい法令で五年間で住人の土地と認められることになり、一気に期間が短くなったのだ。誰でもこうなるのはわかりそうなものだが、我も我もと不法占拠に乗り出した。おかげで土地に関する揉め事が多くなり、弁護士はウハウハのようだ。

◉6月5日

ドル公定一六七・二九、闇二三六・〇〇。

パラナ州のゴイオ・エレ街での銀行強盗、人質を取り金を持って逃走したが、警察の提供した車のガソリンが切れ、後を追ったレポーターの車に乗り換えて再度銀行に押し入り、今度の籠城は一〇〇時間を超すそうだ。

身近では、不渡り小切手の事件が多い。不渡り手形の数は年間何百万枚とかテレビで報道していたな。一番の被害者はガソリンスタンドらしい。

◉6月10日

五日の銀行強盗は一二四時間も粘ってついに成功したので、今日現在そいつを見習ってサンパウロで四、五件の現金輸送車襲撃や金持ちの家に押し入る強盗などが発生中。

◉6月21日

ドル公定一八二・二六、闇二六八・〇〇。

今年は日本からの移民八十年祭で、テレビでは日系コロニアを持ち上げる番組を盛んに流す。何のことはない、中曽根首相が海外に五〇〇億ドルを拠出すると宣言し、そのうちの三〇億ドルがブラジルに来るか来ないかの瀬戸際なのだ。ブラジルの大蔵大臣が日本へ直接要請に行くらしい。これではなんとか日本を持ち上げなければならんというわけである。とにかく俺がブラジルに来てからのこの三十年で、ブラジルの報道機関がこれでもかというほどここまで日本や日系コロニアをおだて上げたことはない。

◉6月28日

ドル公定一九二・九二、闇二七五・〇〇。

サンパウロ市の上水道管はチエテ川の上を横切っているのだが、これが川の中に崩落してしまった。何百万人の住民が断水のとばっちりを受けた。修復工事には四十日以上かかるという。もともとセメントと鉄の質が悪いのだ。この国では製鉄所で使う石炭に硫黄が多く、製品が粗悪になる。水に濡れるとすぐ腐食する。これが錆びるという次元とは全く違うほど激しいのだ。

◉7月5日

ドル公定一九九・四二、闇二八九・〇〇。

ブラジルはいま毎日毎日誘拐、銀行強盗、盗難の話題しかない。サンパウロだけで一か月に七〇〇〇件もの自動車泥棒が発生している。例によってパラグアイやボリビアに運ばれているようだが、到着するとすぐに市中で堂々と売買されているそうだ。また、自分の車で国外に出て、そこで売却して帰国してから盗難届を出し、保険会社から保険金を受け取ると、多少安値で売って来ても保険金と合わせれば得になるのだそうだ。呆れたもんだが、金儲けの方法ってのは様々あるもんだ。

◉7月13日

ドル公定二〇九・九七、闇三〇〇・〇〇。

今日から五日間、テオフロで宝石展が開かれる。世界中から宝石の買い付け人が集まるような話も聞くが、ここは人口一五万人ほどの田舎町だ。たいした事はないだろう。

今月のインフレ率は二三パーセントらしい。と言ってもこれは政府の発表で、実情は三〇パーセントほどだろう。またぞろサンパウロの企業家の音頭取りでインフレ抑制策を立てようとしているが、どんなもんか。毎日どこかでインフレに抗議するストライキをやっているが、これがほとんど国営企業の職員で、彼らは皆超高給取りなのだ。安い給料で働いている民間の労働者はストをやる力もないのが現実なのだ。

まともな産業が育たないから、麻薬産業がはびこる。リオデジャネイロ市では麻薬密売グループと警察隊が戦争状態になっているらしい。すでに死者一六人、逮捕者三六人という騒ぎだ。麻薬密売人たちの方が金にものを言わせて強力な武器を持っているらしい。

●**7月28日**

ドル公定二三八・三五、闇三四七・〇〇。

昨日はトランスが焼けて電車が止まってしまった。駅で待っていた客が遅れて来た電車を怒ってぶち壊した。先日のサンパウロでの同じような件では燃やしてしまったな。修理するには機材をまた輸入しなければならないのに。まったく連中のこんな気質は理解に苦しむ。もっとも、貧困に喘いでいるこの国の下層階級の人間にはパーッと気晴らしができればなんでもいいのだろう。群集心理は恐ろしい。

●**8月1日**

ドル公定二四三・六九、闇三六八・〇〇。

今月のインフレ率は二四・〇四パーセントと発表された。先月の一六日から今月の一五日までの統計だ。月の後半のインフレは次の月の統計に算入される。そこで何が起こるのかというと、政府の値上げがすべて一六日以降になるのだ。こんなお為ごかしなことをやって、結局の話、どうなるというのだろうか。何らの解決策もない。ブラジル政府は病気だ。病名は「インフレンザ」だ！

◉8月2日

ドル公定二四五・七二、闇三八〇・〇〇。

何やら知らんが闇ドル相場が猛烈な勢いで上がりつつある。今年のインフレは年一〇〇〇パーセントを超すかもしれない。政府は七五〇パーセントほどを予想と言っているが。

ここ北東地方ミナスも長く雨が降っていないが、首都ブラジリアでも雨が降らず、あちこちで山火事が発生している。今は国立公園が燃えている真っ最中とのニュースだ。何しろ空気中の湿度が二〇パーセントになってしまっている。

◉8月5日

ドル公定二五一・九七、闇三八五・〇〇。

政府はインフレに対策としてできる手は全て打った、後は企業家と労働者の協調しかないと言っている。大蔵大臣は公務員の給与が高すぎるのを何とかしようとして、彼らの給与をインフレ率が上がっても比例して上げるのを二、三か月間止めようとした。そうすれば、比較するとわずかながら民間給与との差が縮まることになる。しかし、この対策は労働裁判所が否決した。裁判所の職員も公務員だから、自分の給与が減るのはいやだったのだろうか。

夜テレビを見ていたら、ブリゾーラ前リオ州知事が面白い発言をした。「ブラジルの自由はニワトリ小屋の中に、狐とニワトリが一緒にいての自由だ」と。狐はニワトリをいつでも食えるが、ニワトリはそれまでは自由に動き回っているので気がつかないというわけだ。

◉8月10日

ドル公定二五九・四八、闇三九〇・〇〇。

議会では至れり尽くせりの法案を審議している。そのうちブラジルに住んでいる人間は、働かなくても生活を保障される日が来るかもしれない。やれやれ長生きはするもんだ！　どうも一般市民から国会議員まで、どこからかやってくる金があれば誰も働かなくとも良い生活ができると思っているようなふしがある。なぜ政府はもっと大量に紙幣を製造して、ブラジルを豊かな国にしないのか、という類の意見が耳に入るのだ。それがインフレを産んで生活を苦しくしているというのに。

◉8月25日

ドル公定二八七・五二、闇四六八・〇〇。

議会では多国籍企業から政府系の企業に直接物を売ることを禁止し、間に国内企業を経由しなければならないという法案を可決したらしい。テレビでは「ブラジルにはあらゆるテクノロジーがある。他国の知識を借りる必要はない。ブラジルは大豆の大生産国だ。なぜその大豆で日本の豚を太らせる必要があるのか」と意味不明のことをどこかの大学教授が述べ立てている。どうも国内で生産したものは国内で消費するべきで、それが経済を発展させることだと言いたいらしい。日本に無料で大豆をくれてやっているわけでもあるまいに。

◉8月30日

ドル公定二八九・九九、闇四二〇・〇〇。

今日議会で可決された法令で、「先端技術（どんなものかわからんが、おそらくコンピュータ関連だろう）製品は輸入禁止」となった。国内企業支援だろうが、どこまで内向きなのか。逆にますます技術開発は遅れるだろう。

もう一つ決まった法令。「定年は労働期間男三十五年・女三十年であったが、教員は男三十年・女二十五年に変更する」というものだ。働かずに同額の年金がもらえるので、みんな早く定年になりたいのだ。

◉9月1日

ドル公定二九五・一三、闇五〇〇・〇〇。

リオには世界的に有名な貧民窟が幾つもあるが、一年前にその貧民窟のひとつで麻薬の密売人の頭目が警察官に殺された。一周年を記念して住民が彼の銅像を建てる事にしたらしいのだが、それを阻止するため警官隊が貧民窟を見張っている。密売人は貧民たちに金銭を恵んでいたのだ。周辺は大騒ぎのようだが、なんだか笑ってしまう。

◉9月2日

ドル公定二九七・八〇、闇五三〇・〇〇。

銀行強盗が警官隊から追われて近くの民家に飛び込み、家人を人質にとって逃亡用に車を要求して逃走、なんていうニュースがこのところ毎日二、三件は流れる。たまには犯人が捕まるが、盗まれた現金の方はまず出てこない。先日パラグアイに逃げた強盗団は警官隊に射殺されたが、警察の発表では、彼らは山の中で寒さに耐えきれず、紙幣を燃やして暖を取った形跡があった。というものであった。もう少しましな言い訳を考えろよ。

◉9月5日

ドル公定三〇〇・四九、闇五四〇・〇〇。

公定ドルと闇ドルの差が異様に大きい。そこで、リオ・グランデ・ド・スール州では旅券を申請して隣国へ行こうとしている連中が続出している。旅券を取得すると、公定ドルが五〇〇ドル買える。諸々の支払いはクルザードで支払い、ドルはそのまま持ち帰って闇で売りさばいて利ざやを稼ぐのだ。

◉10月5日

ドル公定三八〇・二四、闇五五五・〇〇。

昨日サンパウロで列車が遅れ、待っていた乗客がまたもや客車をぶち壊した。今日は原因は知らんが、六両の客車が焼き打ちにされた。国家公務員にもスト権が与えられたので、またストが賑やかになるだろう。

今回議会を通過した法律に面白いものがある。労働者には三十日間の有給休暇が与えられているが、この休暇を取るとその日の賃金が三割増になるというもの。働かない日の方が賃金が多くなるのだ。また、五年以上勤務した者をクビにする時は、相手の要求額を払わなければならない、というのもある。大丈夫なのか。

テレビで経済学者が対談をやっている。「国も州も税収入の八〇パーセントが人件費に消えるのだから、他の事は何もできません」「人件費は働く職員に支払うのだから良いが、次の選挙の宣伝に使うのは良くない」アタリマエのことを昔から飽きもせず指摘する。聞いている俺は開いた口が塞がらないが、誰も本気で聞こうとしないのだ。

さて、今日は久々に大きな水晶を磨きに出した。三〇〇〇カラットくらいにはなるだろう。楽しみだ。

◉**10月12日**

ドル公定三九三・七三、闇五六五・〇〇。

議会が外国資本の会社による地下資源開発を禁止した。朝、買い物に行くと店の親父が「外国人は地面を掘ることが出来なくなったな！」と声をかける。俺は「そうだぜ、だから俺は今死ぬこともできなくなったよ」と答えたが、親父このジョークはわかったようで、大笑い。

議会と言えば、会社が人員を解雇する時の条件を種々会社側に不利なように法令が改定されたので、発令される前に駆け込みで解雇する例が続出した。すると政府はあわててこの類の争議は新法令で裁くという。世間では労働裁判所に持ち込まれる争議件数が五〇パーセント増しだと騒いでいる。

◉**10月14日**

ドル公定四〇三・六九、闇五九〇・〇〇。

昨日また中央銀行総裁が罷免された。理由は国債の利子を三〇パーセントから五〇パーセントに引き上げたからだ。どっちもどっちである。

◉**10月18日**

ドル公定四一四・八六、闇六七〇・〇〇。何故かは知らないが、金やドル相場が跳ね上がった。

他の銀行員の十倍以上の給料をとってるのに、国営ブラジル銀行の行員がストをやっている。ブラジル銀行にはリオ州だけで一万一千人の行員がいるという。ブラジル全体では一五、六万人の職員を抱えているらしい。実体のない、相場と銀行の国だな。政府はO・T・Nという新たな相場を見る単位を作った。そして毎日通貨であるクルザードスの価値を発表している。今日のO・T・Nは何クルザードスです。と発表する。クルザードスが毎日下落するからだ。国の貨幣が物の価値の基準ではなくなっているのだ。

◉10月19日

ドル公定四二〇・五八、闇六九〇・〇〇。

先日の議会では、全国の市長、市会議員選挙が近づいたので国民受けのいい法律をワッと作ってしまった。ところがそれらには細目がないのでさらに詰めなければならないが、選挙騒ぎで議員が集まらない。例えば最低給与は国会で決めることに変更されたが、国会が開けないから決められない。やむを得ず臨時最低給与なるものを発令し、選挙後に正確な額を出し、その翌月に調整することになった。今回決まった法令の内二百数十件が細目不足で宙ぶらりんだと。すさまじい粗製乱造だ。

今日は水晶の猫目を売った。この分ならこのタイプも日本向けに脈がありそうだ。在庫は一〇〇カラット以上の原石が三十個以上ある。値段が安いのが玉に傷である。無傷の水晶玉だが、まことに玉に傷だ。

◉10月20日

ドル公定四二六・三七、闇七一〇・〇〇。

昨夜はテレビに前大蔵大臣が出演していた。司会者が「政府内には汚職があるのですか？」と質問すると「ハッキリものは言えんが、汚職があることは国民の知っている通りだ」と答えた。言ってるじゃないか。

サンパウロで町を歩いていた男たちが銃とまとまった金を所持していたので強盗団だと逮捕したところ、なんとスリナムから来た外交調査団だったことが判明して、大問題になっている。ブラジル語が話せない人々を殴る、蹴る、手錠をかけるでブタ箱にぶち込んだのだ。そりゃ問題にもなるだろう。

◉10月22日

鉄道事故のニュースばかり見ていると、昔このあたりの鉄道事情をよく聞いたことを思い出す。バイアー・ミナスという鉄道会社の路線がテオフロを走っていたらしい。フランス資本だったが、当時の政府の強制した給与体系のおかげで赤字になり、撤退してブラジルの国鉄所有になった。すると選挙の度に国会議員が自分を支持した者を就職させるようになって、子供の頃からそこで働いていた俺の友人曰く、「それはひどいもんや。朝起きてもやることがなくて、ひとつ駅へでも遊びに行くかとぶらぶらしている人間だけで必要人員の二倍以上いた。気が向かなければ来やしない。それでも困ることはなかったよ」とのこと。

一九六四年の改革では軍政政権がこの大赤字鉄道を廃止したが、このあたりで大赤字のまま廃止もされてないのがウジミナス製鉄所だ。ブラジル五一パーセント、日本四九パーセントの出資で立ち上げた。日本の技術導入で世界最新式の製鉄所と宣伝されたが、赤字の埋め合わせに政府は資本金をどんどん増やし、日本側はついて行けず、今では出資比率がブラジル九七パーセント、日本三パーセントとなって、日本のニの字も話に出ない。

◉**11月1日**

ドル公定四六八・七六、闇七八〇・〇〇。

庭に初めてフランボヤンの花が咲いた。今まで枝を切り詰め過ぎていたせいで花が咲かなかったが、屋根の上に這わせてみたら今年初めて美しく咲いた。銀木犀も庭いっぱいに香りをふり撒いている。アカシアも咲いて、その幹に巻きついた蔓草にもまた花が咲いている。人間の世界がどうあろうと、自然は相変わらず素晴らしい。

蟬啼いて山の香りのわらび飯

◉11月7日

ドル公定四九〇・八八、闇七九〇・〇〇。

サンパウロの地下鉄がストに突入、こんどは無期限だ。首都の公務員、製鉄所、電力、ガス会社がみんなストライキを開始、続行中。これみな国営企業だ。国家が自分で自分のクビを締めているような塩梅。

あと一週間で選挙日だが、しかしブラジルの選挙というものはいつもすさまじい。七つの州が選挙当日の軍隊による治安維持を政府に要請している。ブラジル中では何十人もが選挙宣伝戦で殺されているという。ニュースでは候補者もすでに六、七人殺されていると報道している。日本の選挙違反などかわいいものだ。

◉11月10日

ドル公定五〇二・九四、闇八二〇・〇〇。

リオのボルタ・レドンダ製鉄所のストライキに軍隊が実弾をぶっ放しながら突入し、死者が五人とか三人とか。リオのガス充填会社のストが長引いて品不足のため、生活必需品である公定一一〇〇クルザードスのガズボンベが十倍の闇値で売られている。リオといえば刑務所内で殺人事件があり、今年一九人目の犠牲者が出たという。捕まってもおちおち服役もできないというわけだ。

テレビのニュースが今日、日本の天皇陛下の病状が悪化したと報じた。体重が三〇キロほどになってしまったという。いかに天皇とはいえ、周囲で騒がず静かに死なせてやれんのか。気の毒なことだ。

◉11月22日

ドル公定五四八・九四、闇八八〇・〇〇。

今回の選挙では左翼陣営が大変な勢いで伸びてきたと思ったら、もう議会で最低給与を現在の倍にする法案を提出した。今回は倍にして、次からはインフレ率の一〇パーセント増しだそうだ。例によって高給取りも同率で上がるのだからすさまじい。下が上がるほど格差が広がっていく。もっともこれをなんとかしようとする政治家がいないわけではない。しかしそういう政治家もちょっと名が出ると、どこからか金が出て、改革の話題も政治家自身も報道に全く取り上げられなくなる。そして人々の記憶から消えてしまう。

◉11月25日

ドル公定五六一・〇七、闇九二〇・〇〇。

政府は五か月前に五〇〇〇クルザードス紙幣を発行したが、昨日一万クルザードスを発行。来年早々には五万クルザードス紙幣を出す予定だという。いかにブラジルのインフレがすさまじいか。今ブラジルでは工事の予算など多額な経費はドルで表現する。もはや国の通貨が金額の単位として機能しないのだ。

◉12月1日

ドル公定六〇〇・一三、闇一〇二〇・〇〇。ついに闇ドルが一〇〇〇クルザードスを突破した。国会では国民の最低給与を四万クルザードスと決め、議員給与は四七〇万クルザードスと決めたらしい。議員には給与よりも多額の住居費、航空機の搭乗券、運転手二人付きの車、ガソリン代その他種々の特典が与えられているのだ。お気楽なことである。

◉12月14日

ドル公定六五三・八二闇一一二〇・〇〇。

リオではまたまた列車が遅れたと客が怒って焼き打ち。しかも焼き打ちは三か所の駅で起きている。こういうことをする心理というのは何十年この国に住んでいても俺にはわからんな。

連邦議会は今日国家公務員の給与を六〇パーセントも上げ、六万クルザードスものボーナスを給与するという法律を通過させた。一方大胆というか乱暴というか、全国の国道を走る車から毎月一定の金額を徴収するという法律を可決して、サッサと来年の二月一五日までの休会に入った。これまであちこちにあった有料道路を廃止して、全国の国道を一律有料にしてしまったのだ。国道を走行するには支払ったレシートを車に張り付けていないと交通警察に捕まることとなった。一度支払うと三十日間有効という。

◉12月16日

パラー州の裁判所に泥棒が入り、なんと証拠物件として保管されていたコカインを盗んで行ったとのこと。サンパウロの麻薬密輸団の仕業とか報道している。こんなところまで盗みに入るとは、年末になると強盗や麻薬密輸団なども忙しくなるようで。

◉12月21日

ドル公定六九四・五二、闇一二一〇・〇〇。

リオデジャネイロ市は以前から市長自身が市の財政は破綻していると述べていたが、今度は市役所職員の給与を支払うため外国の銀行から金を借りると言い出した。笑い話のようだ。今月のインフレ率は最低でも二八パーセントとか。一年で九三〇パーセントになるらしい。それでも大統領は国債の赤字を来年末までにゼロにして、インフレ率もゼロに近くなり云々とテレビで演説している。いやはやたいしたもんだ。

◉12月27日

ドル公定七三四・七三、闇一二五〇・〇〇。

アマゾンの奥地アクレ州アデリアで農村労働者シンジケートのリーダーが殺された。この殺人事件がウヤムヤになりかけた時、外国から横やりが入った。殺される何日か前アメリカのテレビ番組に出演して、この地方の大地主と労働者間の問題を語っており、また著名な環境保全の賞も受賞していた男だったので、国際問題になってしまったのだ。国家の恥になるとして政府は連邦警察長官や臨時法務大臣を現地に急行させ追及することになった。騒ぎがあまりにも大きくなって大地主の息子が自首して来たのだが、いつものようにウヤムヤになるかどうか国民は注視している。刑を宣告されても、またぞろ数か月後に町中をスタスタ歩いていたりするのではないかと。なにしろ相手は大地主の息子ときている。アクレ州の大半はゴムの木から原料を採集して生きてきた原住民の土地で、その土地を金で買い占めた地主たちが彼らを追い出そうとしているのだ。

◉12月28日

今月のインフレ率は二八パーセントから二八・五パーセントだそうだ。政府は来年こそ本気でインフレを退治するという。まずいくつかの省や局を廃止するというのだが、記者がそれらの職員は解雇されるのですかと聞くと、いや誰もクビにはしない、他の省や局に回すというのだ。支払う給与額は同じではないか。やれやれだ。

◉12月29日

させて面白い行事が行われている。各地の現市長が市役所の所有物を売却したり、職員の給与を持ち逃げしたりするのだ。なぜか？　来年一月一日には選挙の結果新旧の市長が入れ替わるので、任期中にいろいろ処分して自分のものにしてしまうのだ。
政府発表の今月のインフレ率は二八・七九パーセント。年間のインフレ率が九三三パーセント。昨年のインフレは三〇〇パーセント強だった。要するに今年は去年の三倍インフレになったということ。

◉12月31日
ブラジルでは大晦日の真夜中からレベリヨンという行事が始まる。友人がコパカバーナの花火を見に行こうと誘ってくれたが、ブラジル人が大勢集まる所へは行くもんじゃない。危なくてやってられないと断って、家でテレビを見た。そしたら元旦の〇時二〇分頃、レベリヨン見物の遊覧船がグアバラ湾の外へ出た所でひっくり返って五、六十人が行方不明と報じた。いやはやものすごい年の瀬だ！

1989年

◉1月1日

リオの遊覧船バトー・ムーシュⅣ号が転覆して沈没の件、五十人以上の死者を出したようだが、その中に数名の有名人が含まれていてかなりの騒ぎになっている。この船は建造時二十人乗りだったものを、次の船主が改造して一五〇人乗りにした。二階を造ったというのだから、ひっくり返るなという方が無理というものだ。許可が出たこと自体が不思議だが、何でも金でけりがつくブラジルらしい。今回も出港する時に海上警察に止められて一二〇ドル払ったとか払わなかったとかで揉めている。みんな責任を逃れようとして、それぞれ理屈を並べている。

◉1月15日

新経済政策が発表された。またまた通貨切り下げをするという。これで一九四二年以来、四回目の切り下げ。ゼロを一二個も取ったのだ。そして大統領在任中に二回切り下げたのは今のサルネイ大統領だけである。

◉**1月17日**

ドル公定一、闇一・四五。今年は一からやり直しスタートだ。

今回の貨幣切り下げは少々ややこしい。二年前の切り下げの時クルゼイロをクルザードスにしたが、古いクルゼイロ貨幣がまだ流通している。よってクルゼイロ紙幣は六個ゼロを取り、クルザード紙幣はゼロを三個取って、新クルザードになる。わずらわしい。しかしそれはともかく、この国の政府は効果もないのになぜ物の値段を延々と法令で決めようとするのか。

今日のニュースによると、国家公務員を九万人ほどクビにすると発表した政策がまた怪しくなってきた。例によってうやむやに終わるかも。

◉**1月29日**

ドル公定一、闇一・六五。

今のブラジルでは病気にもなれない。あちこちの病院がストライキ中で、入院するにも前日から並ばなければならないのだ。大都市でも田舎でも病院は運転資金不足なのだ。政府の健康保険料が安値で、一方医療機器は高額なものばかりである。また職員の給与は当然高額で、何もかも不足している。医者は土地、家屋、牛の売買で金儲けに励んでいる者が多いそうだ。

一月のインフレ率は七〇パーセントになるとのこと。物価凍結令が出されることが漏れて、政府系の電気料金やガソリン料金がやたらに上がりだした。物価対策が逆にインフレを煽る結果になっている。

◉2月5日

今年のカーニバルは雨に祟られた。リオやサンパウロでは例年の華やかさがないように思える。近年はレシーフェ（ペルナンブーコ州）やサルバドール（バイヤ州）がカーニバルの出来では頭角を現してきた。リオのカーニバルは諸般プロフェッショナルになって、金持ちのクラブの豪華なカーニバルという様相を見せるようになってしまった。東北地方ではいまだに大衆カーニバルである。町全体がカーニバルの舞台となってみんなが騒ぐ。どっちが本当のカーニバルかと聞かれれば、俺は断然素朴な大衆カーニバルの方に手を上げる。

わがテオフロ・オトニの町もカーニバルをやっている。こんな人混みの日には出かけなくなって久しいが、しかし昨夜はぶらりと出かけて驚いた。俺の知った顔がまったく見えない。見知らぬ町にいるようだった。今夜になって仲間に聞くと、この辺の者は、銭のある奴も無い奴も皆、借金してでもこの日は海に出かけるのだそうだ。市役所のカーニバルに集まるのは町を囲む丘の貧民窟から降りて来た人間ばかりだと教えてくれた。テオフロの町は五、六〇メートルの高さの丘がくねくね入り組んでいる。その丘の間にタコの足のように貧民窟がひしめいている。

◉2月6日

一部屋に二十人も収容されている刑務所で、囚人が逃走したので捕まえて独房に五十人近くを押し込んだ。三メートル四方の窓もない部屋である。戸を開けたら七人死んでいて、病院へ搬送中に七人が死亡したと。要するに窒息死だ。最終的には一八人死亡した。責任者の説明では、彼らは脱走騒ぎを起こしたら独房に入れられることを知っていて、騒ぎの後に二人の受刑者が独房に走りこんだら、全員後を追い彼らの自由意思で入ったので戸を閉めたと。だからこの事故死は集団自殺であるというのである。法務大臣は刑務所が足りないからこういう事が起こるので、収容できない者は自宅待機になっている。と意味の分からない弁明をしている。恐ろしい。

◉2月9日

ドル公定一、闇一・六七。

サンパウロの町中に、住宅公団による最低給与の十倍から二十倍の高所得者向けアパートが完成した。入居者も決まっていたのだが、そこへ貧民窟からワッと押し寄せてきた連中が住みついてしまった。警官隊が出動して騒ぎになっているが、最近公団のアパートが完成するとよく起こる事件だ。つまりなんとか五年粘って居座って、それで得られる居住権を獲得しようと企むのである。

今日もおかしな事件が山盛りだ。ペルナンブーコ州では三人組の強盗に襲われた人が警察に被害届を出しに行くと、その強盗三人組がいた。警察官三人が強盗だったのである。警察内で即逮捕されたそうだ。能率のよいことだ。

◉2月14日

友人がテレビのニュースを見たかとやって来た。何かあったかのかと聞くと、ブラジルには一八人に一人の公務員がいるが、日本では一二〇人に一人と報道されていたと言うのだ。その通りだと答えてやった。ブラジルは公務員の数も多いが、十年も前に死んだ公務員の給与を遺族がそのまま受け取っていたり、複数の自治体の公務員になってあちこちから給与を貰ってるなんてのもいるのだから、だいたい数の問題ではないのだ。驚くにはあたらない。

◉3月1日

ブラジリア首都圏内の公務員の総数というものを政府は把握できていないらしい。幽霊公務員を退治するために、職員は職場、仕事の種類等を書き込んで提出し、朝、昼、夕方に出席簿のようなものにサインをしなければならない。この書類に三十日間サインをしない者は、職場放棄と見なして給与を停止するという。こうしないと誰がどこで何人働いているのか一向にわからないというのがこの国の現実なのだ。

◉**3月5日**

ブラジルには「ジョーゴ・デ・ビッショ」という博奕がある。ゼロから九九までの数字にブタとかトラとか動物の名前をつけてある賭け事だが、昔ドン・ペートロ皇帝時代に財政難の対策として政府公営で行われていた。今はマフィアのような組織が元締めになっている。もちろん違法だ。時おり警察による手入れがある。この中の一組織の集金人が、自分たちの手取り額を上げろとストライキを始めたという珍ニュースが報じられているので笑った。なぜ警察による摘発をしないのかと聞かれた州知事は、泥棒や強盗と違ってあまり悪いことはしないし、もはや何千人といる末端の集金人の生活が問題になるからだと。しかし違法博奕の集金人がストライキをして気勢をあげるとは。何もかも前代未聞の国になった。

◉**3月8日**

ドル公定一、闇一・七〇。

サンパウロでは昨年一年間に六千件の殺人事件が記録されたとのこと。アナウンサー曰く、三十分に一人が殺されていることになると。

政府は二月のインフレ率を三・六パーセントと発表した。しかし統計局では一四パーセントと発

表しているぞ。何もかもチグハグだ。全ての物価凍結中なのに、上がるものはドンドン上がってい
る。政府系の企業が電力、電話などを値上げしているのだ。何の物価を凍結しているのだろうか。

◉**3月31日**

ドル公定一、闇一・九〇。

ひさしぶりにトルマリンの原石とアクアマリンの磨いたものを仕入れた。トルマリンの猫目の原石は長い間手に入らなかった。二十年ほど前は様々な宝石の原石が各地でよく出たものだが、簡単に掘れるところはもう掘り尽くされてしまったのだろう。ヤマ《鉱山》の仕事もだんだん難しくなってきた。

◉**4月3日**

ドル公定一、闇一・九三。

今日のニュースには、ひどい話に慣れっこになってしまった俺もいささか驚いた。リオ州だけで金曜日の夜から日曜日の夜までに各地で六九体の他殺死体が発見されたというのだ。そのほとんどが、商人たちの組織が殺し屋を雇ってコソ泥、ひったくり、強盗などを抹殺した結果だという。だから一般市民は喜びこそすれ、何も騒がないのだ。生活が転落すると自分が殺される方に回るかもしれないとは考えないのである。

セアラ州では、中小企業家たちが女性を雇用する時に避妊手術証明書を要求するという。昨年、

妊婦には四か月の有給休暇を与える法律が出たからだ。企業は女性を雇用しなくなっている。こっちもいいかげんひどい話だ。

◉4月4日

ドル公定一、闇二・〇五。

このところ病院では手足を骨折した患者を受け付けないそうだ。骨折した部分を固定するための石膏が不足して入手不能という。自分で石膏を調達して来れば受け付けるというのである。リオでは列車の運転手が速度計故障を理由に発車を中止したことからまたまた乗客が暴徒化して警官が出動し、四十人以上の負傷者が出た。そのうち八人は銃弾による負傷という。

リオではこの三日間に毎日銀行強盗が四、五件続いていたという。サンパウロとミナスではあちらこちらでストライキ中のようである。普通の国ならば末期的症状と言うべきだが、ブラジルとは不思議な国で、政府も国民も特になんとも思っていないようだ。これは大国と言うべきか？　昨年新たに制定した憲法も、細則がいまだ作られないのでどう運用してよいのか誰も知らないという呑気さだ。結局それぞれ自分の好きなように解釈するようになるのかもしれない。

今朝も、リオでは一四体の死体が路上に捨てられていたそうだ。

◉4月8日

時おりブラジル人に聞かれる。サンパウロの日本人はほとんど日本へ働きに帰っているのに、お前はなぜ世界第二の経済大国に行かないでブラジルなんかに住んでいるのかと。

この国に子孫を残さないと腹を決めてしまえば、これほど面白い国はないのである。たくさんの面白い人種に出会い、たくさんの面白い出来事に出会える。要は性に合っているのだろう。

◉4月20日

ドル公定一・〇三、闇二・二五。

ニュースによると、アラゴアス州知事のフェルナンド・コロールが大統領選の世論調査で一番になったと報じている。俺もこの男が大統領選に当選するのではないかと思っている。現州知事の中でただ一人、選挙時の公約を実行した男なのだ。超高給取りや幽霊公務員をなくすと公約して今まで何度も殺すと脅迫されたが、そのたびに殺《や》るなら殺れ！　とテレビを通じて脅迫者に答えた男なのである。それに比べてサルネイ政府の二、三人の大臣は殺すという脅迫に耐えきれずすでに辞任している。勇気は政治家に必要な最大の資質だ。

◉4月24日

金曜日の夜から月曜日の朝までに、リオでは七十体の他殺死体が転がっていたという。サンパウロではまた電車が遅れたと乗客の打ち壊しがあり大騒ぎだ。相変わらずである。今日は司馬遼太郎の『峠』を読み終わった。次は肩の凝らない本にするか。山手樹一郎の「遠山の金さん」シリーズかな。その次は山岡荘八の『新太平記』にしよう。

◉4月26日

ドル公定一・〇三、闇二・三五。

リオの警察官がストに入ったら、今朝は他殺死体の数が半分以下になったとの事。これは何を意味するのだろうかな。

ウイスキーを積んだトラックが荷崩れでウイスキーを路上に散乱させた。近所の住民は割れなかったボトルを奪い合って持ち帰る。その行為を自慢げにテレビカメラの前で話すのだ。どんな山の中でも、事故で荷物が散乱すると、禿鷹が死骸に群がるように黒山の人だかりになって、またトラックの荷台にある無事だった積荷まで持ち去るのだ。トラックの運転手が重症で助けを求めていても、誰も助けようとせず我先に積荷を持ち去る姿を俺自身過去に見ている。貧困は道徳も破壊するな。

ブラジルの年間の交通事故死亡者は五万人を越え世界一との事。ところが実際は一〇万人を越えるかもしれないという。重症者が病院に入ってから死亡した場合は交通事故死者の統計には入らないのだ。交通警察官が目の前で死者として扱った数だけで五万人なのである。

◉**5月1日**

今週もリオで金曜日の夜から月曜日の朝までに、六八体の他殺死体が出たとの事。

日本は今リクルート問題というやつで政界が大騒ぎとか。竹下首相の秘書が自殺したと報道している。テレビのニュースキャスターの言葉がおかしい。ブラジルの政界の汚職で自殺者が出るとしたら、墓地がいくつあっても足らなくなると。友人は墓地が足らなくなるどころの騒ぎではない、ブラジルの人口が減ってしまうぞと言う。この国では汚職をしない者は意志を持ってしないのではなく、チャンスがないだけか、することもできない立場にあるかのいずれかに過ぎないのだ。

◉**5月5日**

ドル公定一・〇五、闇二・六〇。

昨日リオの製鉄所の第二高炉が爆発し、二人死亡した。今日はイパチンガの製鉄所で一五〇〇度の溶鋼をぶちまけてしまい、下にいた労働者が一人死亡した。

昨日あたりから町が断水している。水不足で節水なのかと思ったら、七キロほど離れた場所にあるダムから浄水場までの送水管が破裂したのだ。この類の大きな事故は過去二、三回あったが、各家庭への水道管はいつもあちこち頻繁に破裂して、そのたびに蛇口から泥水が出てくる。

最近になって三百人ほどの新しい原住民部族が発見されたそうだ。アマゾンは広い。ブラジルはさらに大きいと痛感した。

◉5月10日

ドル公定一・〇五、闇三・一五。

今日は大蔵大臣が辞任するような噂が流れたせいか、闇ドルが跳ね上がった。

パラナでは貨物車の脱線事故だ。今まで鉄道事故が発生してもその原因が発表されたことがないが、時速四〇キロで走る貨車が毎度ひっくり返るのはなぜだ。もう湿度の多い地方の線路の枕木はあらかた腐っているのではないだろうか。

◉5月14日

サンパウロに着いた。こちらのある病院では、これからは癌患者の入院を受け付けないことにしたという。治療に使用する放射線機器が古くなり、使用できなくなったというのだ。メンテナンスという発想がないし、公共の物はまったく大事にしない国だから、ムリもないか。

先月サンパウロに来て富士パラセ・ホテルに泊まった時は、三五クルザードスであった。今回来てみると五四クルザードスになっている。政府が物価凍結しているはずなのに、誰も守りもせず、何の効果もないようだ。

◉5月17日

ドル公定一・一二、闇二・九〇。

午後のバスでテオフロに帰る。今回の商売は良かった。これで一息つける。しかし油断はできない。インフレが追いかけてくるのだ。日本のおとぎ話に山の中で小判を山ほど拾った男が、気がついたら枯れ葉をしっかり握っていたなんて話があったが、ブラジルではおとぎ話ではない。現実なのである。

◉5月23日

ドル公定一・一四、闇三・二五。

テレビで大統領候補のブリゾーラが演説している。ブラジルには五〇〇億ドルの借金があったが、利子を払って払って現在一一〇〇億ドルの借金だ。今まで一〇〇〇億ドル以上の利子を払っている、とっくに元金分払っていることになる。もう金を払う必要はない！　と。大統領候補が国際的借金を踏み倒そうとはいただけないが、数字を並べて演説すると国民の受けが良いらしい。まあ踏み倒してみるといい。

◉5月30日

ブラジリアで大型バスを盗み、大統領府に飛び込んだ男が出た。俺の友人はなぜ爆弾を持っていかなかったのかなあ、惜しい事をしたわいと言っていた。この飛び込み男、今年最大の英雄ともてはやされている。

夜、業者がアクアマリンの猫目用原石を持ってきた。久しぶりに見る色、質共に最高のものだ。今ではもう数が少なく、なかなか手に入らない。こんな原石がもっと入手できると面白いんだがなあ。

◉6月11日

ドル公定一・二一、闇三・三〇。

先日リオで石油輸送車が転覆したと思ったら、今日はカラジャス鉄道で機関車同士の正面衝突だ。リオの株式市場で三九〇〇万クルザードスの不渡り小切手を切った投資家が出て、今日まで一週間ほど株式市場が止まっていた。この不渡りの金額は闇ドルで換算すると一六億円、公定で四〇億円ほどだ。

◉6月22日

ブラジルは今、小児脳膜炎が大流行だとか、俺の家の周囲でも蚊の異常発生が騒ぎになっている。リオ州は一月から六月までこれで三千人の死者が出たという。

先日国会を通過した法令は、労働者はストライキの期間中も給料を保障されるというものだ。なかなか面白い。年中ストライキすればまことに楽な生活だ。

◉6月24日

セルジッペ州で盛り土して造ってあった道路が崩れ、バス二台が転落して二十人の死者が出たが、例によって事故の責任は誰も取らない。神がそれを欲したのだ、とか神に天へ呼ばれたのだ、でおしまいである。道路の修復予定は十一月になるそうだ。

ミナス州のノーヴァ・セラーナとリオのバジェで突風と降雹のために街全体が爆撃の跡だらけのようになったそうだ。なにしろこちらの雹は鶏卵ぐらいの大きさがある。今回は直径六、七センチもあるのが降ったそうだ。直撃を食らったら死にかねない。

◉7月3日

ドル公定一・七〇、闇三・三〇、公定歩合四一・七五。

ある企業が女性社員に訴えられた。企業が女性社員を裸にして健康診断をしたのだ。これは人権蹂躙だと。新聞記者が企業側に取材すると、妊娠している女性を把握するために行ったというのである。妊娠している女性を雇用すると新しい法律では企業としてひどい目に遭う。クビにしてもひどい目に遭う。そして結局法律が守ろうとした女性もひどい目に遭う。

◉7月9日

ドル公定一・七七、闇三・五〇。

エスピリット・サント州の地方新聞社主（女性）が、警察二四人の麻薬売買と自動車泥棒グループが存在することをつい先日スクープしたのだが、真昼間に町中で警察官らしい者に銃撃され死亡した。この事件もそのうちウヤムヤになるのだろう。

◉7月11日

妹の娘はオーストラリアに住んでいるが、そこから手紙が来ていた。ブラジルに行ってみたいと言うのだ。さて困った。野郎が来るなら一向に構わんが、若い娘をこんなむさ苦しい家に連れて来たら、そりゃあビックリするだろう。姪とはいえ、一度も会ったことがない娘だ。そもそも兄弟だって三十二年も会ってはいないのだが。

リオの友人の娘さんに、もし俺の姪がブラジルに来たらリオ観光はよろしく、と頼んでおいた。

◉7月18日

ドル公定一・九二、闇三・七五、公定歩合四二・二〇。

以前から交渉していたアクアマリンの原石をようやく買った。相手がようやく値を下げたのだ。ダイヤの丸ノコで切ってみると、なかなかの石である。色も良し、一〇〇カラットぐらいは取れそうだ。最近は品薄なので、この類の石は売り手には有利だ。

近くのラピダソン（石研磨屋）に泥棒が入り、宝石が盗まれた。以前からこの家は不用心だなと思っていたので、一度に預けず少しずつ頼んでいたが、俺の石も結局盗まれた。まあ諦めるしかない。

広場では露天の店でクンツァイトを買ってみた。久しぶりに見る石だ。三〇グラムなので、どうということはない。

◉8月11日

ドル公定二・四〇、闇四・二〇、公定歩合三九・七三。

リオで四人の日本人医師が街中でひったくりに襲われ、一人がパスポート入りのバッグを盗られて帰国できなくなったとのこと。同じ日に襲われたオランダの医師は抵抗して撃たれ即死。先日リオに行った時バイシャーダ・フルミネンセ（有名なリオのスラム）を通ったら、死体が二体道端に投げ捨てられているのを見た。今まではテレビの画面で見ただけだったが、実際にこういう光景を見るとなかなかショックだ。

◉8月16日

ドル公定二・四三、闇四・〇五、公定歩合三九・六八。

今この国は誘拐ブームだ。八月に入ってからもう一〇件ぐらい発生している。

金曜日の夜から月曜日の朝までに、リオ市の街頭には五八体の死体が転がっていたという。一般市民がアイツは強盗だ、泥棒だと確信しても、現行犯でないと逮捕できないというのが今の法律だ。しかし下手なことをすれば逆に殺されかねない。商店主たちが殺し屋を雇っているのだから。この種の事件はほとんどそのままウヤムヤになる。つまり泥棒も泥棒を殺す方もお互い様、ということなわけだ。

◉8月31日

ドル公定二・八〇、闇四・七〇、公定歩合四四・一九。

今月のインフレ率は二九・四三パーセントだそうだ。これでもまだハイパー・インフレーションではないと政府は主張している。しかし、政府系の販売物品は全て四〇パーセントほど値上げしているのだ。

以前サンパウロで水晶のピラミッドを見たので、カットには不向きなアクアマリンをピラミッド形にしてみようと思う。これは案外な物になるかもしれない。水晶で猫目にするには質が落ちるものもやってみよう。この形にするとインクルージョン作用が案外面白く出るかもしれない。

この週末の交通事故、サンパウロ州だけで六六〇件だそうだ。交通法規というものを守ろうという発想がないので仕方がない。

◉9月12日

ドル公定三・〇八、闇四・九五、公定歩合四六・九一。

政府の公定ドル相場が約五か月で二〇〇パーセントも上昇した。今年もやはり年間のインフレ率は一〇〇〇パーセントぐらいにはになりそうだ。

◉9月20日

ドル公定三・三六、闇六・二〇。

ニュースによると、九月のインフレ率三三パーセント、十月のインフレ率は四〇パーセントほどになる見込みらしい。ますますひどくなってきた。

先日捕まった銀行強盗にテレビのレポーターが話を聞いていた。彼らは、毎日テレビを見ていると銀行強盗がちっとも捕まらないので、俺たちもその気になったと言うのである。確かに今この国では銀行強盗という犯罪は九〇パーセント以上の成功率だろう。

◉9月25日

ドル公定三・五二、闇六・四五、公定歩合五四。

今日、乗用車の価格がどーんと三六パーセント分上がった。ガソリンの値段は一か月に二度上がった。最初は二九パーセント、次が一五パーセントほど。

ブラジル銀行の超高給取り幹部の給与を一五二パーセントも上げるというので、またぞろ騒ぎになっている。毎月のインフレで銀行に預金してある金額はインフレの価値修正という調整が入り、毎月政府の発表した数字分通帳の数字は増えるのだが、これを金額が増えたと喜んでいる馬鹿者が多いから困ったもんである。実際のインフレ率は修正率よりもっとひどいのだ。

◉10月4日

ドル公定三・九一、闇八・〇〇、公定歩合五五・一五。

政府の経済ブレーンたちの話を聞いていると、なんとも不可解だ。企業家連盟（経団連のようなものだ）を呼んでインフレ対策を討論しているのだが、連盟に対して政府は、値上げをインフレ率以下にしてくれと要求しているというのだ。この本末転倒。こんなのはブラジル政府でなければ言えないセリフだろう。全く呆れる。

昔、ブラジルの通貨はＲＥＩＳ（ヘイス）というものだった。その後クルゼイロになり、通貨切り下げでクルゼイロ・ノーヴォになり、またまた貨幣切り下げでクルザードに、さらにこの一月でクルザードス・ノーヴォになった。切り下げという他の国ならば一大事をいとも簡単にやってのけるのだ。

◉10月16日

ドル公定四・四〇、闇九・六五、公定歩合五六・四。

今月のインフレ率は三八パーセントほどだという。ニュースを見ていると、政府の経済ブレーンが「政策が奏功してこの線で抑えられたのは大成功だ」と言う。つまり四〇パーセント台にならなかったというところを自画自賛しているのだ。笑い話にもならん。

◉10月24日

ドル公定四・八一、闇一一・五〇、公定歩合五六・一五。

闇ドル、金の相場が跳ね上がった。政府はまた産業界と協議して物価を前月のインフレ率の九〇パーセント以上は上げないとしたが、今日のニュースでは車のタイヤの価格が六〇パーセント値上がりしたと報じている。頭の痛い人は薬局へ行きなさい、ただし薬も七〇パーセント値上がりした、だとさ。

◉10月28日

ブラジル銀行の行員組合が賃上げを要求して労働裁判所に提訴した。すると労働裁判所は要求よりも高く一五二パーセントも増額せよという判決を下した。直後に大統領が外遊して臨時大統領が就任したが、この判決に対し大蔵大臣が国庫に金がないから払えないと拒否したら大臣を罷免すると息巻いている。ブラジル銀行は行員だけで五〇万人ほどもいる大所帯なのだ。選挙にも大いに影響するわけだ。

◉**10月31日**

ドル公定五・二二、闇一二・二〇、公定歩合五九・五〇。

今月のインフレ率は政府発表で三七・六二パーセントだ。政府は次のように宣言した。「インフレは安定した。現政府の最大の仕事は、この安定した経済状態を次の政権に引き渡す事である」と。政権交代が目と鼻の先に迫っているからこんな呑気なことを言っていられるのだ。インフレに麻痺している。

◉**11月14日**

ドル公定六・〇四、闇一二・五〇、公定歩合五九・四二。

明日は大統領選挙だ。ブラジルは日本のように一定の年齢になると自動的に選挙権が得られるわけではない。自分で登録して、選挙権を得るのだ。選挙権を持っている人間が棄権すると罰金が課される。旅行中の人は、旅先の郵便局からその旨を郵便局に備えてある所定の用紙で選挙裁判所へ知らせなければならない。結構面倒なものなのだ。

明日中に開票はかなり進むようだが、最終結果が出るまで何日かかることか。選挙管理裁判所長の話では、二十七日までに結果を出すという。

蟬啼いて耳からも来る暑さかな

◉11月24日

ドル公定六・八二、闇一三・三〇、公定歩合五九・五八

十一月のインフレ率は四二パーセントほどになるという。来月も同様の水準とすれば、年間一六〇〇パーセント以上。これは政府の計算だから、実際には二〇〇〇パーセントぐらいかもしれない。リオ・グランデ・ド・スール州の州都ポルト・アレグレではついに民衆が暴徒化して商店を打ち壊し略奪を始めた。

十月にはリオ行きのバス代が七〇クルザードス・ノーヴォぐらいだったが、今日また買いに行くと一三〇クルザードス・ノーヴォになっていた。

◉11月27日

ドル公定六・九四、闇一四・〇〇、公定歩合五九・八五。

運転免許証の紛失届を出しに警察署へ行ったら、警察官がストライキをもう三十日も続けていたので手続きできなかった。このあたりの治安はどうなっているのだろう。

ブラジルには三類類の警察がある。
・ポリシア・ミリタル　軍警↓州警察
・ポリシア・フェデラル↓連邦警察
・ポリシア・シビル・エスタドウアル↓州警察
この最後のやつが今ストライキをやっているのだ。

◉11月29日
ドル公定七・二二、闇一三・八〇、公定歩合六〇・六二。
リオ州ペトロポリス（海抜一〇〇〇メートルの高原）のガソリンスタンドでガソリンが漏れ出し、下水道や小川に流れ込んで爆発し大変な騒ぎになった。高原の町、別荘の町の美しい小川が爆発したのだから始末が悪い。近頃は鉄製品の品質は向上したようだが、まだまだこういう設備には問題があるのだろう。
統計局の今月のインフレ率が今日発表されなかった。理由は、なんと雨が降ったからだと！　どうやら雨漏りで、機械やらがどうにかなったらしい。

◉12月13日
ドル公定八・七八、闇二一・〇〇、公定歩合七四・一〇。

十二月のインフレ率は五〇パーセントか、それ以上になるとのことだ。大蔵大臣が語るには、それでもハイパー・インフレーションにはならないと。いったい何を称してハイパーだというのだ。政府寄りの経済学者はコントロールできなくなった時ハイパーだと抜かすが、まだこの状況でコントロールしているつもりなのだろうか。

しかしこの不景気では何もかもどうにもならん。金があってもなくてもなんとか年の瀬は越せるということは長年ここで暮らしてみてわかったが、楽に年を越しても骨を折って越しても、越してみれば同じことだ。全ては過ぎ去ったことなのだ。

◉12月21日

ドル公定一〇・一三、闇二三・〇〇、公定歩合八三・〇〇。

やはり年の瀬にインフレは凄まじいことになってきた。今月のインフレ率は五二、三パーセントで、今年のインフレ率は一七〇〇パーセントになるという。この一六日から一月の一五日までのインフレは政府予想で約六七パーセントぐらいになるとのことだ。しかし、これでもまだハイパー・インフレーションではないと言い張っている。

◉12月28日

ドル公定一一・三五、闇二六・〇〇、公定歩合八四・六〇。

今年最後の市に行ってきた。緑の野菜が少なくなっている。これから四、五月頃まで葉物野菜が少なくなって、いつものように俺が困る季節となる。タマネギの漬物でも作るしか手がないのだ。ナスやキュウリなどはいつもあるので、それだけでもありがたいと思わんとな。

ブラジルの野菜は日本のものと比べると一様に固い。湿度が高く、太陽光線がやたらと強いからだ。何もかも筋ばって、繊細なところがない。

◉12月31日

年の暮明日をも知らぬ我が暮らし生きるもこの地死ぬもこの地に

1990年

◉1月1日

今年も無事明けた。今年はいかに楽しく、面白く生きようか。この世で呑気に生きられるところなんてそうやたらにはないが、ここがその場所なのだ。

今回の旅。往復六〇〇キロ、ガソリン代三四〇クルザードス、買い物は五キロの魚一四二〇〇クルザードス、大きなエビ（二七センチ）三キロで三〇〇クルザードス、果物五〇クルザードス、チーズ一〇個一五〇クルザードス、途中のコーヒー代など雑費五〇クルザードス。ホテル代と食費は別にして、〆て一一〇〇クルザードス。闇ドルに換算すると、約四六、七ドルとなる。安いとは感じるが、ブラジルでは最低給与の一か月分に当たる。これはどうも安いのか高いのか混乱する。

◉1月9日

ドル公定一二・七四、闇三一・〇〇、公定歩合六八・二二。

今日はリオの強盗が逃走する時、手榴弾を投げたので四人負傷したという。最近の強盗団の武器は機関銃やら自動小銃やら、対戦車砲まで装備しているという。これが白昼傍若無人に襲うのだから、たまったものではない。

◉1月31日

ドル公定一七・四三、闇三七・五〇、公定歩合八三・二〇。

先日ガソリンを入れて、今日また入れにいったら値段が前回の二倍になっていた。一五日くらいの間に二回値上げしたようだ。

◉2月4日

昨日の夜は腹痛が始まったので早く寝た。この感じの腹痛はこれで五回目だな。二〇～二五日の周期で痛み始めて、一二時間ほどで痛みが去っていく。今日はサンタ・ロザリア病院へ診察に行ってきた。変てこな腹痛なのだが、まあ大した事はないだろう。明日また行くことになった。

◉2月5日

ドル公定一九・〇九、闇三九・五〇、公定歩合九四・〇〇。

病院での診察の結果、明日早くに入院して盲腸の手術をすることになった。時限爆弾を抱えているようなものだからいつ爆発するかわからないような状況、と言われてはやむを得ない。

◉2月10日

手術を終えたが、開腹したら盲腸ではなくエキストツモーゼという寄生虫が腸に巣を作っていたそうだ。明日また開腹し直して大腸を切り取る。盲腸は誤診と聞いた瞬間には、俺の人生これで終わりだと思ったよ。そして友人たちに金銭的な迷惑を掛けないよういろいろ手配せねばと、そればかりが頭の中を支配した。

◉2月14日

今日手術後初めて便通あり、少し安心する。今回の手術では小腸を六〇センチ、大腸を九〇センチほども取ったそうだ。医者は八メートルもある腸からこれくらい切ったって大したことではないと言うのだが。

こうなると、入院費の心配をしなければならない。ブラジルは国民の生活状態はドル圏国家の十分の一レベルだが、物価レベル（ホテル代、病院代等）はドル圏国家と同様だからたまらない。

◉**2月15日**
本日退院。日本から友人が持ってきてくれた梅干しを食べる。手術後にこれほど美味い物はないなとつくづく思った。しかし今回は、友人とはありがたいものだとつくづく身に染みた。俺には良い友人が大勢いるのだ。
しかし、入院している間にインフレはさらに進んだ。ドル公定二二・八二、闇五五・〇〇、公定歩合一〇二・八〇。

◉**2月22日**
ドル公定二七・二九、闇六五・〇〇、公定歩合一〇八・一九。
妹が日本から落花生を送ってくれた。腹を切って下痢が続く俺にタイミングよく消化に悪い落花生とはなかなかおかしい。

◉**3月15日**
ドル公定三七・四二、闇八一・〇〇、公定歩合八三・四〇。
今週いっぱい、銀行はフェシャード（閉まる）。今日新大統領の就任式があるからだ。
今までの政府は、インフレというものは悪徳商人が値段を釣り上げるから起こるのだと国民に説明してきた。今度の大統領は、公務員の給与総額が多いせいだとして、今日早速公務員で三つも四つも職場をかけ持ちしている者は一つに制限するという大統領令を出した。これだけでもよくやったと思う。

今日から貨幣の単位が昔のクルゼイロに戻る。クルザード・ノーヴォがなくなるのだ。

◉3月20日

新大統領は超高給公務員の給与を圧縮すると公約して当選したのに、一方で一般国民のなけなしの預金を凍結してしまった。しかし物価がガタガタと落ち始めている。闇ドルも金の値段も十日前の半分ぐらいまで下落したらしい。

◉3月22日

昨日リオで八か所のスーパーマーケットが群集に襲われ略奪された。今日も略奪が続いている。政府の決めた価格以上で商品を販売しているスーパーの支配人や商店主が続々と警察によって逮捕されている。一般市民に密告を奨励しているのだ。これはちょっと嫌な感じだ。

◉3月26日

医者の処方した薬では下痢が止まらないので薬局に行っていろいろ聞いてみた。今まで飲んでいた薬は下痢止めではなく、痛み止めだと言う。どういうことなんだろうか。

◉**3月30日**

今月のインフレ率は八四パーセントと発表された。昨年の年間インフレ率は一八〇〇パーセントであったが、昨年の四月から今年の三月末まで計算すると四八〇〇パーセントになるという。いやはや。

さて、俺も少し考えなければいけない。下痢が止まらないということは、バスでサンパウロなどへ商売に行けないということになる。俺の人生、二度目の危機だ。ブラジルでの学歴や資格がないから、いまさらその辺で真面目な事務仕事をするというわけには行かない。こういうときに移民は潰しが利かないのだ。

◉**4月4日**

ドル公定四二・七〇、闇六〇〜六五。

今日初めて手術後きちんと屁が出た。恐ろしくて屁もできない日々だったわけだ。先日は屁を試みたら、屁ではなくバーッとやってしまった。まだ油断は出来ないが、かなりよくなって来たんだろう。腸に住み着いていたシストゾモーゼという寄生虫はこのあたりの沼地に多くいるので、魚獲りをする者は駆除薬を時々飲まなければならないのだが、政府がこの薬（マンシール）を薬局で販売することを禁止して、医者の証明書を保健所に持参して受け取るように変更したのだ。つい面倒になって、もう少し先に、もう少しと思っていたのだ。今はまた薬局での販売が許可されているようだが、政府がそういう変なことをしなければこんなことにはならなかったのに……まあ済んだことだ。すっぱり諦めよう。

◉4月12日

今日は日本に出そうと思って手紙を書き始めたが、全く情けない悲しい手紙になってしまった。こんな悲しい手紙を書いたのは二度目だ。一回目は農薬中毒で苦しんでいる最中だった。今回は自分の人生がこの先どうなるのか、さっぱりわからない状態で書いている。一寸先は闇というが、まったくその通りだ。何もできないでいる間、手元の金がインフレで日に日に目減りして行くのがやりきれない。

◉4月16日

近くのソーラという食肉処理場で働いている友人が遊びに来た。この不景気で会社は社員を一五〇人もクビにして、このまま行くともっとクビにすると言っているという。不景気が近所にもろにやって来たようだ。

ブラジルは以前輸出品には輸出奨励金が出ていた。たしか二五パーセントほどあったと思う。その後奨励金のパーセンテージが少しずつ減少した。今回いきなり逆に一五パーセントの税金がかかることになった。産業界はどんどん委縮しているようだ。

◉4月17日

医者に行った。寄生虫退治は大変だ。一五日ごとに注射を三か月、三か月に一度を二回、半年に一度を何年続けるかわからないとの事だ。強力な薬で一挙に殺すと寄生虫の死骸が肝臓に集まって大変なことになるそうだ。このマンシールという薬は夜に飲む物らしいが、何もすることがなく退屈なので昼間飲んでみたら、目まいがしてひどい目にあった。

◉4月25日

ドル公定五〇・九八、闇七八・〇〇。

人間とは不思議なものだ。元気で働いていたときは十日でものんびり遊んでいられたが、病気になって半失業的な立場にあると、半日もジッとしていられない気分になる。まったくこの国の経済もこれからどうなるかわからないしな。

◉4月30日

近頃俺は、安月給でも日本で働くべきであったとようやく後悔し始めている。若い冒険心でブラジルまでやって来て、確かに面白い事も楽しい事もそれなりにあった。しかし、どうもこのままでは俺の人生、終わりが良くないように思える。だいたい医者の誤診によって大腸を切られて、盲腸を切らなければエキシストゾモーゼは薬で治ったはずなのだ。医者のメンツにかけて何もせずに腹を閉じるわけにはいかなかったのだろう。

◉5月3日

ドル公定五〇・九〇、闇八〇・〇〇。

心配していたサンパウロでの商売はスムーズに行った。まずは一安心だ。

日本から梅干しが着いた。「ありがとう」と、せめてこの日記に書いておこう。

◉5月9日

ジャトバの木の皮を煎じて飲むと下痢に効くと聞いた。友人の家へ皮をもらいに行って、帰宅して早速煎じて飲んだ。いろいろと試してみることだ。今回の入院ではまず第一に友人の渡辺さんに大変な迷惑をかけた。尾西さんにも同様な迷惑をかけ、世話になった。お礼の言いようもない。ありがとう！　本当に頭が下がる。

ジャトバの皮が効いたのか、今日その後は腹の気分がすこぶる良好だ。ゴバヤの木の芽とザクロの青い果実を煎じたのもいいらしい。ジャトバとは味も見栄えも違うが、何でも良いというものは試してみよう。

◉5月13日

ガリンペイロ《宝石採掘人》の知人と一緒にアルメーラのヤマ《鉱山》へ行って、帰って来たら日本からの送金が届いていた。二二〇〇ドル。一緒に届いた姉さんの手紙にはもう日本に帰って来いとあるが、今の俺には決心がつかん。

アルメーラの鉱山の近くには開拓の最前線みたいな土地がいまだにあった。本当に山の中だ。雨が降ったら車は一切通れない。雨季にはどうするのかと聞くと、六〇キロを歩いて買い物に行くと言う。悲しくなるほど静かな所である。何もかも忘れてこんな所に住んでみたいという感情が湧いてくる。こういう気性は治らんな。

◉5月16日

日本からまた手紙が来た。おふくろさんの写真が一枚入っていた。

◉6月9日

サント・アントニオで初めてキャッツの原石を六個買った。小さいサイズしかないのでなかなか買いにくいが、そのうち良い物に出会うだろう。このあたりの鉱山は静かだ。空気は良し、住民は素朴だし、ゆっくり体の調子を整えるのにはいいのかもしれん。ここなら下界で何が起ろうと我関せずといったところだ。

◉6月13日

鉱山へ来てから腹の調子がいい。一度も下痢にならん。ありがたし。毎日五キロの山坂を登ったり下ったりで良い運動になっているのだろう。

この鉱山の問題は規模が小さいことで、産出量が採算に合わないほど少ないのだ。しかしこれは逆の評価もできる。つまり買い付け人が少ないので競り合いにならず、仕事がじっくりできるのだ。

◉6月20日

ドル公定五六・二〇、闇九〇・〇〇。

今日はワールドカップの試合だ。ブラジル対スコットランドは一対〇でブラジルが勝った。相変わらず試合の日は役所も銀行も商店もすべて閉まってしまう。国を挙げてのフットボールだ。

◉6月24日

今日のワールドカップ、ブラジルはアルゼンチンに敗れてしまい、全国民がシュンとなって一気に静かになってしまった。

午後キャッツの原石を買う。今回の買い物で一番良質のものだ。七カラットぐらいにはなるだろう。

◉7月23日

ドル公定六八・〇〇、闇八五・〇〇。

鉱山で買ってきた石を削ったら、一個なかなか素晴らしいものができた。この分ならまだまだヤマで飯が食えそうだ。

◉8月13日

今日で俺も五十四歳になった。何もせず、何ということもなしに歳だけとってしまった。まあ、人生なんてこんなものではないかとも思われる。

◉8月27日

ドル公定七二・四〇、闇八二・〇〇。

久しぶりにとろろ汁を作って食った。なかなかいい出来だ。今までこの町では白菜などは手に入らなかったが、近頃はサンパウロから持って来るようになって少しずつ良い野菜が食えるようになった。ありがたい。

◉9月6日

あちこちからガリンペイロたちの俺をなめたような声が聞こえて来るので、何とかしないといけない。彼らは俺に監督権がある事を知らんのだ。監督権などふりまわすのは好きでないが止むを得ん。ひとつやるか！

◉9月7日

ついに堪忍袋の緒が切れた。これからは原石だけでなく、喧嘩も買うぞと宣言した。俺がこんなに腹を立てたのは何十年ぶりだろうか。原石を買い付ける者がいないと、この鉱山も閉鎖されてしまうのだという理由を説明してやった。ここの一般のガリンペイロたちは、俺がここへ来てから解放してやったのだから、事情がわかるとみんなシュンとしておとなしくなってしまった。

◉9月10日

どやし上げた結果、このジャポネーズはヤマの支配人らしいという事が広まって仕事もやりやすくなった。普通のガリンペイロが掘る方法では手が出せない深い場所については会社の方が手を引くことになったので、その場所だけを俺の仕事として俺のアイデアで掘ることにした。

◉10月10日

ドル公定九〇・三〇、闇九七・五〇。

ブラジルはさらに無法地帯だ。リオデジャネイロでは今日六か所の銀行が襲われた。そのうち四か所は直径一〇〇メートルの円の中に入る距離だという。銀行を襲って取れる金額はせいぜい一〇〇万から二〇〇万クルゼイロスぐらいまでだが、誘拐だと身代金は一〇〇万〜二〇〇万ドルが相場だそうだ。そこで金持ちの子供が誘拐される事件が多発している。持てる者もそれはそれで穏やかならぬ生活となっているのだな。

中古のポンプを一台買った。来週もっと大きなものをもう一台買う予定だ。深い坑道を掘るのに必要なのだ。

◉**10月30日**

ドル公定一〇六・〇〇、闇一一二・〇〇。

今日はまたリオだけで七か所の銀行が襲われた。殺人事件は毎日で、もう話題にもならない。

◉**11月7日**

いま新しい仕事を計画中だ。落差は大きいが水量が少ない滝があるのだが、この断崖の途中に何か所も石が溜まって流れが淀んでいる可能性がある場所があるのだ。それを洗い出して、水量を増やす方法を考えているところだ。

◉11月21日

ドル公定一二八・〇〇、闇一五一・〇〇。

ヤマ《鉱山》から帰ってきたら闇ドルが跳ね上がっていた。またブラジルの経済がおかしくなるのかもしれん。いや、経済状態がおかしくなるのではない、もとからおかしな経済状態がさらに最悪になるのだ。

帰ってきたら体の調子がすこぶる悪い。あちこちがやたらと痛む。はっきりここが痛むと言えない。ぼんやりと三か所痛むのだ。しかし俺も終わりが近づいて来たのかもしれないな。医者に行けば、何もわからずにまたぞろ適当に切るなんて言うのだろう。

◉12月4日

ドル公定一四七・〇〇、闇一七〇・〇〇。

ブラジルの小話にこんなのがある。天国へ行くよりも、地獄へ行った方が面白い。天国では、老人がお花畑の中で椅子に腰かけて読書をしたりしていて退屈だ。それに比べて、地獄は鬼と追いかけっこしたりプロレスをやったりして結構張り合いがある。というのだ。この小話からすると、やっぱり俺はブラジルに来てよかったのかもしれない。地獄の中を走り回っていると言うと少々大げさだが、実際日本に住んでいるよりは相当面白い人生だったと心から思う。

◉12月7日

昨日今日と連日大きな原石が出た。三、四個続いて出ているのでガリンペイロたちにも欲が出て、賑やかなこと。鉱山から帰るギリギリまで連中と買い取り値段の交渉だ。なかなか骨が折れる。

◉12月13日

ドル公定一五〇・五〇、闇一七一・〇〇。

またまた公務員の給与を一三〇パーセントも引き上げるそうだ。にもかかわらず最低給与の方の改定はほんの少し。ますます格差が広がる。

◉12月24日

現政府の緊縮財政のためバイヤ州の刑務所では囚人の食費が尽きて彼らを解放しているらしい。リオ・グランデ・ド・スール州では、交通警察官がガソリン代不足でそのへんを通行する車に便乗させてもらうなんて方法もとっている。予算はすべて人件費に消えてしまうのだ。大蔵大臣は歳入と歳出のバランスは取れていると言いながら、ほとんどの公共事業を中止している。道路公団などは道を造らずに、結局遊んで給料だけ貰って暮らす連中を飼うことになる。

◉12月26日

ドル公定一六五・〇〇、闇一七四・〇〇。

今日は少々忙しかった。磨きに出してあった石の受け取り。車の修理をし、部品代の支払い。鉱山の仕事の清算。銀行の支払い。買い物。明日は病院へ腹の診断に行くからだ。また入院なんてことになると何日か動けなくなるから、そのための備えだ。この横腹の痛み、もしあのジストゾモーゼという寄生虫が膵臓やら肝臓やらに来ていたらおそらく観念せねばならない。さあ！　もうどうでもいい。明日は病院だ。

◉12月27日

やっぱり医者の間違いだった。超音波検査によって、前の手術時の血液が残っていて固まり、腎臓と膵臓を圧迫しているのがわかったそうだ。もう後には引けない。また切るしかない。

今年は二月に二回手術をした。下痢が三か月続き、体の一部の神経がおかしくなって二か月。横腹の痛みが二か月半、今また痛みつつある。ひどい一年だった。来年早々にまた手術だ。藪医者に三度目の手術をさせるのだから、万一の事を考えて今日は遺書を書いた。一番簡単な書式のを。

◉12月29日

十二月のインフレ率は一八パーセントだ。年のインフレは結局今年も一七〇〇パーセントだそうだ。先日、大統領が汚職役人と超高給取りはこの国からいなくなったと演説した時は失望した。いや、絶望か。

◉12月31日
一九九一年が明日から始まる。どんな年になるのか、ゆっくりというわけにもいかないが、ひとつ見物させてもらうとするか。

エピローグ——思い出の追加

◉青虫の大行進

一九六一年頃だったかな。地主がマンジョカ芋で粉を作る仕事を始めた。芋を買って作ったのでは利益が薄いので、栽培しようじゃないかということになった。このマンジョカ芋は痩せ地に無肥料で育つ強い植物だ。

八〇〇町歩くらい植え付けて、なかなか順調に成長して人の背丈ほどになったある日、隣の畑に蚕より少し大きいぐらいの青虫がいるなと思ったら、ある朝畑に来てみると、見渡す限りの青虫の大群だ。マンジョカ芋の葉と柔らかい茎を食うのだが、あまりに多数で食い荒すので、ざわざわと物凄い音がする。青虫の通過したところは固い茎以外に何も残っていない。一本きれいに食い尽くすと次に移動する。あたり一面、地面もマンジョカも虫虫虫。それが蠢《うごめ》くありさまは身の毛もよだつ風景だ。しかしすべてを食い尽くすとあっっという間に消えたのだ。あれだけの数が一瞬にしてどこに消えたのか、今もわからない。

◉酔っ払い

ある日町へ行った帰り、夜道を一人でトボトボと歩いていた。空は曇りで、鼻をつままれてもわからんような闇夜だった。

そんな中、前方からゆっくりと馬に乗った男がやってきた。すれ違いざま、ぐっとこちらに近づいて来た。俺は相手が飛び降りてきたらいつでもぶん殴れるように身構えた。その時、男が叫んだ。「オイ！　俺の家はどっちだ！」もちろんまったく知らない野郎だ。へべれけに酔っ払っている。俺は教えてやった。「馬の手綱を放せ！　次に馬の尻に鞭を入れろ。そしたらお前の家に着くぜ」と。馬の背でグラグラしながら、酔っぱらい男は俺の言った通りにすると、馬はくるりと向きを変えトコトコと去っていった。闇夜からオブリガード（ありがと）と叫ぶ酔っぱらいの声が聞こえた。

いや本当にたどり着けたのかは知らん。だが馬は賢い動物だからね。

◉蟻（ラバッペ）と農薬中毒

ブラジルにはラバッペという名の蟻がいる。この蟻に食いつかれると、そこがいつまでも痒い。この名は「足を洗う」とか「根を洗う」という意味だ。植物の根元の土をフカフカにして少し盛り上げる習性がある。植物は枯れ、その盛り上がった土を踏みつけると蟻がすぐ足を登ってくる。チクリと感じた頃には脛のあたりに真っ黒に群がっている。それをバタバタと手で叩き落とす。これがちょうど足を洗うように見えるのだ。

一九五八年の六月頃、俺は畑でジャガイモの消毒作業をしていた。作業に集中していて、ふと気が付いた時には蟻がもう腰のあたりまでわんさか這い上がっていた。ズボンの上はまさに真っ黒に見えた。俺はズボンにパラチオン系の農薬をぶっかけて、そのまま仕事を続けた。夜になると、足の先からだんだん冷たくなって来て、さらに猛烈な痙攣が体全体を襲う。力を入れても抑えても止まらない。一晩中ガタガタと震えながら、朝には冷たい死体になっているだろうと覚悟した。朝にはケイレンは収まったが、体は冷たいままだった。

もう一度似たような体験は、猛烈に暑い頃だった。十五夜で明るいし、夜は涼しいので作業がやりやすいだろうと、消毒作業をすることにした。太陽が昇る頃作業が終わったのだが、グラグラ目まいがしてそのままベッドにひっくり返った。月明かりでは噴霧器から出る農薬の霧が見えなかったので、たっぷりと農薬を吸い込んだのだった。

◉インチキ時計売り

一九六一年の二月、俺はサンパウロへ買い物に出かけた。バスは途中のリベイロン・ブレットという町で食事休憩となった。ぶらぶら町中を歩いていると、中年男が話しかけてくる。どこに住んでいるのかとかやたらにペラペラ喋る。そのうち知り合いらしい若い男がやって来て、オイオイ泣く。おもむろに電報を取り出し、パラナに住む親が病気ですぐ行かなければならないが金がないと言う。中年男が何か売るものはないかと聞く。若い男はこの時計しかないと言ってまた泣き出す。中年男が俺に向かって、気の毒だ、日本人よ時計を買ってやれよと言う。俺は時計は持っているから要らないと最後まで突っぱねた。

何か月か後、またサンパウロに行く途中その中年男に偶然出会った。俺の事は覚えていないらしい。また話しかけてきたので、真面目な顔をして俺は言った。予言しよう、いまにアンタの連れが時計を売りに来るぜ。十秒もしないうちに件の若い男が泣き泣きやって来たので、中年男は慌てて肩を抱いて人混みに消えていった。

◉深い井戸

一九六四年頃、二人のブラジル人と茶飲み話をしていた。「地球は丸いというけども、本当だろうかな」「自分で手に取って見たことがないので、丸いか四角いかは知らんよ」と言うと、別の男が「そりゃ嘘だ。地球は真っ平らでテーブルのようなものだ。町の人間が田舎の人間に嘘をついて信じた相手をバカにして喜ぶためにつく大ウソだ」という。そこで俺が地球は丸いことをいろいろ説明した。「よく日本はブラジルの下にあるというだろう。下というよりも大きなフットボールの裏側になる」と言うと、「それは嘘だ。俺が以前働いていた農場で深い深い井戸を掘ったことがある。最初は土、次に土と水が出てきた。最後は水が湧き出したが、ついに日本人の頭は見えなかったぞ！」参りました！

◉ブラジル渡航の理由

一九六七年頃の話だ。町でワイワイと雑談をしていると、漁師の女房が言った。「日本では月や星が見えないだろう」俺は公害の話かと思い「日本では月や星が見えないとどうして知っているのか」と聞くと、「日本はブラジルの下にあるからさ。上のブラジルで見えても日本は下にあるから見えやしないだろう」などと言う。そういうことか。「それでは聞くが、俺が日本で毎日上を眺めていた時に何が見えたかわかるか」「ブラジルのお嬢さんたちが俺の頭の上をミニスカートで歩いているのが見えたんだ」と言ってやった。するとイタリア系の友人が叫んだ。「わかった！ 俺は今まで、どうしてお前が素晴らしい日本を棄ててブラジルなんかへ来たのか疑問だったが、これで納得した！」と。このジョーク、ブラジル人にはまるでわからなかったようであったが。

◉労働者の権利

ある日友人の弁護士の所に持ち込まれた件は、会社からクビを宣告された労働者からの依頼だった。書類によるとこの男、雇われてから二か月しかたっていないのに、医者が発行する休職許可証を提出して八回も休んでいて、おまけに実働日数はたったの二日だった。

彼の会社への要求は、
一、ボーナスを出せ
二、有給休暇分の給与も出せ
三、解雇前一か月の予告期間分の給与を出せ
さすがに友人も弁護を断ったそうだ。

会社経営の友人が雇った男の例では、仕事中に指の皮を擦りむいたので、薬をつけてやろうとすると、冗談じゃない病院へ行くと言って会社を出て行った。翌日手を首から吊って出勤すると医者が発行した十日間の休職許可証を提出して帰って行ったそうだ。

◉公共事業と落成式

ブラジルの政治家には二期目というものはない。任期は一期だけである。次期は立候補する権利がないのだ。大事業は自分の任期内に完成しないことがしばしばである。すると何が起るかというと、未完の工事の落成式をやるのだ。そして落成記念碑を建てて自分の名前を刻ませるのである。

ある時友人たちの間で、フルナスの水力発電所の話題が出た。ブラジル人たちはジュゼリーノ大統領の任期最後の年、一九六一年に完成したと言う。始動したのは一九六三年だぜと俺が言うと、本に書いてあったから間違いない、本に嘘は書いていないと頑張った。

当時俺はフルナスの発電所の下流の街に住んでいた。ジュゼリーノ大統領が六一年に落成式をや

ったのも知っている。しかしダムの工事用放水トンネルを閉めたのはようやく六三年になってからで、さらにダムを満水にするのに四十日以上もかかったのだ。下流に水が流れなくなると、水溜りのようになった場所があちこちにできた。行き場を失った魚が集まって、誰でも捕まえることができた。ある漁師が一六〇キロの大なまずを獲って大騒ぎになった事もある。あまり誰にでも魚が獲れるので肉が売れなくなり、人口約五万人のパッソスの街の肉屋が一週間店を閉めたほどだった。ダムの完成が一九六三年なのは身をもって知っているのである。

このダムにはこんな話もあったな。工事現場に事務所、倉庫をもちろん建設したが、技師や監督官の住宅として豪華な芝生に散水機付きのやつを千数百戸も建てたのだ。大統領が視察に訪れ、ダムを作れとは言ったが高級住宅を建てろと言った覚えはない、と言ったとか言わなかったとか。

●鉄路の旅

ブラジルに来て初めて乗った鉄道の旅でのことである。ラゴア・ダ・プラッタからベーロ・オリゾンテへ向かった。途中の小さな駅で乗り換えになる。夕方の六時に乗り換え駅に着いて、ひと休みしようと目の前にあったホテルに行った。列車の出発時刻は夜中の十二時だ。それまでひと眠りしようと、ホテルの親父に十一時に起こしてくれと頼んだ。親父曰く「ゆっくり眠ってくれ。汽車が着いたら起こしてやる」。いや、列車が着いたら起こしてやるでは、間に合わないではないか。こんなのんびりした親父をあてにするわけにはいかないと思い、ごろごろとしながらも目はパッチり開けて時を過ごした。十一時にホテルを出ようとすると、親父が何を慌てているのだ、日本人よまだ寝てろ！　と言う。ホテルから駅まで数メートルなのだが、結局駅で時間を待った。

ところがどっこい、なんと列車が駅に入ってきたのは翌朝の六時であった。さて乗車しようと思ったら、駅員が貨車を入れ替えるのにあと二時間はかかると言う。この時になって、俺はやっと親父の言っている意味がわかったのだった。

著者が切り抜いていた
現地日本語新聞記事

パルメイラ市 無警察状態続く
暴動事件各界に大きな衝撃

【S・C・ダス・パルメイラス】強姦犯人、三人の、リンチを叫び、その引きわたしを要求した市民たちが、前後十数時間にわたって警官隊と激突、死者一人の外双方数十人の負傷者を出した、

サンタ・クルス・ダス・パルメイラスの騒乱は、平和な町で突発した事件だけに、州政府の要路に衝撃をあたえている。

十三日市の空気はいぜんとして緊迫しており、一人の警官も見当らない市内は無警察状態になっており、市立図書館内にもうけられた臨時警察署には平服姿の書記と市役所の職員がつめかけていた。

写真＝警察を批判するマルグッチ市長

市民の反撃をおそれた署長や軍警たちは、近くカーザ・ブランカ市に退避して情勢を見守っているが、州保安長官の要請を拒否して、最初から市

民運動の先頭にたった、アマデウ・マルグチ市長は、

事件は平和を愛する市民が、度重なる暴力犯罪と警察の無能力に対しそのうつ憤か爆発したもので、これは州内各市で、いつでもおこり得る事件だ、

と断言している。

また、ゴンザガ州保安長官は、市民の感情を考慮して、当分の間同市には制服の警官をおかないよう、指示している。

州警察スト、殺人多発 ブラジル 4日で75人

ブラジル南東部エスピリトサント州で、治安維持を担う州軍警察がストを始めたところ、治安が急速に悪化し、4日間で少なくとも75人が殺害される事態になった。銃撃戦や商店からの略奪も相次ぎ、公共交通機関や役所はサービスを停止。市民はおびえて外出できない状態になっているといい、連邦政府は軍や警察など1千人以上を投入して治安回復に乗り出した。

エスピリトサント州で7日、警察による取り調べを受ける男性ら＝ロイター

報道によると、軍警察が賃金の増加や労働環境の改善などを求めてストを始めたのは3日。州文民警察のまとめでは、4～7日に州都ビトリアを中心に殺人事件が急増した。遺体保管所の冷蔵庫はいっぱいになり、床に遺体が並べられている状態だという。死者のほとんどは麻薬組織の関係者とされる。

商店からの略奪も多発。多くの商店が閉鎖し、学校は休校が続いている。住民は日中も外出を控え、人通りはまばらだという。

軍警察のストは憲法で禁じられているが、家族らが警察署の出入り口をふさいで勤務をさせない形を取っている。地元裁判所は6日にストを違法と判断したが、7日時点でストは続いている。同州を管轄する在リオデジャネイロ日本総領事館は、州内にいる日本人に、可能な限り外出を控えるよう呼びかけている。

（サンパウロ＝田村剛）

ブラジル社会の混乱は今も続いている（2017年2月9日付朝日新聞記事）

遙かなるブラジル——あとがきにかえて

嘘のような激しいブラジルのありさまを記録し続けた日記の最後は、最後まで自分が肝臓癌であることを知らずに医者の悪口を並べ立てながら、それでもまだ明日に希望を見るような一言で終わっていました。

周囲に「狐を馬に乗せたような奴」とも言われた兄は、雄飛したブラジルの大地で、貧しくも楽しく、そして正しく生き抜いたと思います。その生涯の最期は、ブラジルに行くと考えただけで卒倒しそうになるような不甲斐ない家族に替わって、ブラジルでの周囲の知己の方々、尾西様、秦野様、渡辺様、マウロ・佐藤様、そして病院の皆様に温かく看護していただきました。ここに記して改めて深く感謝申し上げます。ありがとうございました。

兄の訃報を載せてくれた当地の新聞記事を渡辺様が日本語に訳して送って下さったので、最後に記録しておきたいと思います。

與島瑗得――ミツノリ・ヨシマ氏、五十四歳で死してテオフロ・オトニに埋葬される。サンタロザリヤ病院で癌の手術を行った。妹御が来伯され日本での治療を勧めたが、それを拒否し、友人の勧めるリオデジャネイロ、サンパウロでの治療をも拒否した。闘病生活四か月、その間渡辺、マウロ・佐藤、秦野、尾西の各氏がずっと付き添っていた。

彼の生活はごくシンプルで、正直者の彼は周囲との付き合いもよかった。二十年間にわたり、ヨシマ氏は夜になるとチラデンチス公園で当地の様々な友人たちと政治・経済の議論にふけっていた。

近年盛んにエコロジーが称揚されるが、遙か昔から彼は真のエコロジスタであった。彼の家には大きな水晶の庭があり、そこには様々な植物が茂っていて、彼はその自然を愛したのだ。

葬儀の折の牧師の言葉――我々は、ブラジル人である。なぜなら、ここに生まれたから。そしてヨシマは我々の兄弟である。なぜならば、ブラジルを選び、この国で生き、死んでいったのだから。

日曜日に彼は埋葬された。さようなら。

T. Otoni, 26 de abril de 1991 Jornal Carta

Yoshima morre aos 54 anos e é sepultado em T.Otoni

Morreu nesta cidade, no sábado, dia 20, às 12h40m, o pedrista japonês Mitsunori Yoshima, 54 anos em sua residência no Bairro Castro Pires. Ele morava no Brasil há 34 anos, 20 dos quais em Teófilo Otoni.

Em dezembro do ano passado Yoshima foi internado no Hospital Santa Rosália para retirar parte do intestino afetada por um câncer. Um mês depois submeteu-se a nova cirurgia, mas o mal já havia se generalizado.

Uma sua irmã chegou a vir do Japão para levá-lo para tratar-se lá, mas ele se recusou a deixar esta cidade. Não aceitou nem mesmo ir para o Rio de Janeiro ou São Paulo, onde também possuía amigos e negócios.

Segundo seus amigos, Yoshima era um homem culto e de uma simplicidade franciscana. Suas principais características eram o desprendimento, a lealdade e a honradez. Muito antes de "ecologia" ser a palavra da moda, já dedicava um forte amor à natureza. O quintal de sua casa, muito simples e incrustrada num bairro popular, é recoberto de vegetação e de grandes pedras de cristais.

Yoshima integrava a "turma do sereno", um grupo de celibatários formado há mais de 20 anos, do qual também fazem parte os empresários Mauro Luiz Pereira, Luiz Rievers, Jair Pereira, Paulo Braecher, Mozart Pimenta e Dema Doelher, os dois últimos hoje casados.

Esse grupo cultiva o antigo hábito de reunir-se tarde da noite, na Praça Tiradentes, para discutir política e assuntos da atualidade.

SOLIDARIEDADE

Ao longo de sua enfermidade, que durou quatro meses, Yoshima teve diariamente a companhia do amigo Kiyoharu Watanabe, com quem veio para esta cidade em 1971.

Outros dois companheiros, Masahiro Sato e Mauro Tyba, também o acompanharam de perto em todas as fases de sua doença.

Outras famílias japonesas, como os Onishi de São Paulo e os Hatano do Rio de Janeiro vieram a Teófilo Otoni por mais de uma vez para visitá-lo.

Durante a cerimônia fúnebre, celebrada pelo padre Joel Ferreira da Silva na capela do Hospiral Santa Rosália, onde o corpo foi velado, o [illegible]rio enfatizou: "Nós somos brasileiros porque nascemos aqui. Yoshima, nosso irmão, é brasileiro porque escolheu esta Pátria para morar e nela morrer. Assim, a terra que não o viu vir à luz do mundo agora o vê renascer para a vida eterna."

O enterro saiu às 10 horas da manhã do domingo para o cemitério municipal. Após o sepultamento, a senhora Hatano distribuiu aos presentes pequenas hastes de incenso (senko) para serem depositadas por entre as corbelhas que cobriam a lápide. O multicolorido das flores e o aroma e a fumaça do inceso que delas se desprendiam tornaram o ritual japonês algo emocionante e belo.

最後になりましたが、自己主張が強く癖のある兄の文章の構成に多大な努力を払って下さった竹中朗さんに厚く御礼申しあげます。

合掌

畑中雅子

與島 瑗得（よじま・みつのり）

一九三六年、千葉県山武郡横芝町に生まれる。

一九五五年に千葉県立成東高校卒業、コチア産業組合にて一年間の農業研修を受け、一九五七年五月、ブラジルに渡航。農業を手始めに宝石販売・輸出・採掘業などを手がける。当地に定住し、以降一度も帰国せず。

一九九一年四月二十日、住居のあるミナス・ゼライス州テオフロ・オトニ市にて死去。享年五十四歳。

遙《はる》かなるブラジル――昭和移民日記抄《しょうわいみんにっきしょう》

二〇一七年五月二十日初版第一刷発行

著者 與島瑷得
編者 畑中雅子
発行者 佐藤今朝夫
発行所 株式会社国書刊行会
東京都板橋区志村一―十三―十五 〒一七四―〇〇五六
電話〇三―五九七〇―七四二一
ファクシミリ〇三―五九七〇―七四二七
http://www.kokusho.co.jp
装訂 mikan-design
印刷所 株式会社エーヴィスシステムズ
製本所 株式会社村上製本所
ISBN978-4-336-06159-1